Orgueil et Préjugés

JANE AUSTEN

Orgueil et Préjugés

Traduit de l'anglais et adapté par Michel Laporte

Texte condensé

1

C'est une vérité universellement admise qu'un célibataire en possession d'une belle fortune a forcément besoin d'une épouse.

Si peu connus que soient les sentiments ou les intentions d'un tel homme qui s'installe quelque part, cette vérité est tellement ancrée dans l'esprit des familles du voisinage qu'elles le considèrent comme la légitime propriété de l'une ou l'autre de leurs filles.

— Mon cher Mr. Bennet, dit un jour sa femme à ce dernier, avez-vous appris que Netherfield Park est enfin loué ?

Mr. Bennet répondit que non.

— Mais c'est le cas, répliqua-t-elle. Mrs. Long vient de passer et m'a tout raconté à ce propos.

Mr. Bennet ne répondit pas.

— Ne voulez-vous pas savoir qui l'a loué ? s'écria sa femme avec impatience.

— Vous tenez à me le dire, et je ne vois pas d'inconvénient à l'entendre.

C'était une invite à parler suffisante.

— Eh bien ! mon cher, sachez que, d'après Mrs. Long, Netherfield a été loué par un jeune homme doté d'une belle fortune originaire du nord de l'Angleterre ; il est venu lundi et a été tellement séduit par l'endroit qu'il s'est mis d'accord avec Mr. Morris sur-le-champ. Il doit s'y installer avant la Saint-Michel, et certains de ses serviteurs seront dans les murs avant la fin de la semaine prochaine.

— Quel est son nom ?

— Bingley.

— Est-il marié ou célibataire ?

— Oh ! célibataire, mon cher, bien sûr ! Un célibataire riche : cinq ou six mille livres de rente par an. Quelle excellente chose pour nos filles !

— Comment cela ? En quoi cela les concerne-t-il ?

— Mon cher Mr. Bennet, répliqua sa femme, comment pouvez-vous être aussi agaçant ? Vous devez bien comprendre que je pense lui faire épouser l'une d'entre elles.

— Est-ce dans cette intention qu'il s'installe ici ?

— Dans cette intention ? Absurde ! Comment pouvez-vous déraisonner ainsi ? Mais il est très probable qu'il puisse tomber amoureux d'une d'elles, si bien qu'il vous faudra lui rendre visite dès qu'il arrivera.

— Je ne vois pas pourquoi. Vous et les filles pouvez y aller. Ou bien envoyez-les-y toutes seules, ce qui, sans doute, sera encore mieux. Comme vous êtes aussi jolie qu'elles, Mr. Bingley risquerait de vous préférer à votre progéniture.

— Mon cher, vous me flattez. Pour sûr, j'ai eu ma part de beauté mais je ne prétends plus être rien d'extraordinaire aujourd'hui. Quand une femme a cinq grandes filles, elle se doit de cesser de penser à être belle.

— Il n'est pas fréquent qu'en pareille situation une femme ait encore beaucoup de beauté à quoi penser.

— Mais, mon cher, vous devez réellement aller voir Mr. Bingley quand il arrivera dans les parages

— C'est plus que ce à quoi je puis m'engager, je vous assure.

— Mais pensez à vos filles ! Songez à l'établissement que ce serait pour l'une d'elles. Sir William et Lady Lucas sont décidés à y aller pour cette simple raison alors qu'en général, vous le savez, ils ne rendent pas visite aux nouveaux arrivants. Vraiment vous devez y aller parce qu'il nous sera impossible, à nous, de lui rendre visite si vous ne le faites pas.

— Vous avez beaucoup trop de scrupules, réellement. Je puis vous dire que Mr. Bingley sera ravi de vous voir. Et je lui enverrai quelques lignes par votre intermédiaire pour l'assurer de mon consentement cordial à son mariage avec celle des filles qu'il choisira – même si je me ferai un devoir d'ajouter quelques mots en faveur de ma petite Lizzy.

— Je désire que vous n'en fassiez rien. Lizzy n'est pas au-dessus des autres. Je suis même sûre qu'elle n'est pas aussi jolie que Jane ni aussi cordiale que Lydia. Mais il faut toujours que vous lui donniez la préférence !

— En fait, aucune n'est digne de recommandation, répliqua-t-il. Elles sont sottes et ignorantes comme toutes les autres filles. Mais Lizzy a un petit peu plus de vivacité que ses sœurs.

— Mr. Bennet, comment pouvez-vous dénigrer vos propres enfants de la sorte ? Vous prenez plaisir à me vexer. Vous n'avez donc aucune pitié pour mes pauvres nerfs.

— Vous vous trompez, ma chère. J'ai le plus grand respect pour vos nerfs. Ce sont de vieux amis. Je vous ai entendue parler d'eux avec considération tout au long des vingt dernières années, pour le moins.

— Ah ! Vous n'imaginez pas ce que j'endure !

— J'espère pourtant que vous vous remettrez et que vous verrez beaucoup de jeunes messieurs avec quatre mille livres de rente s'installer dans les environs.

— Il pourrait bien s'en installer vingt, cela ne nous servirait à rien ! Du moment que vous refusez de leur rendre visite !

— Faites-moi confiance, ma chère, quand il y en aura vingt, je leur rendrai visite à tous.

Mr. Bennet était un mélange si bizarre de vivacité d'esprit, d'humour sarcastique, de retenue et de caprice qu'une fréquentation de vingt-trois ans n'avait pas suffi à son épouse pour comprendre son caractère. Sa nature, à elle, était moins difficile à appréhender. C'était une femme de faible intelligence, de peu de culture et de caractère inégal. Quand on la contrariait, elle invoquait ses nerfs. L'affaire de sa vie était de caser ses filles, visites et cancans, sa consolation.

2

Mr. Bennet fut dans les premiers à se rendre chez Mr. Bingley. Il avait toujours eu l'intention de lui rendre visite tout en affirmant jusqu'au dernier moment à sa femme qu'il n'en ferait rien. Et avant le soir du jour où cette visite eut lieu, elle ne le sut pas. Elle l'apprit de la façon suivante. Observant sa fille qui s'employait à orner un chapeau, il s'adressa à elle en ces termes :

— J'espère que Mr. Bingley l'aimera, Lizzy.

— Nous ne sommes pas près de savoir ce qu'aime Mr. Bingley, dit sa mère avec amertume, puisque nous ne lui rendrons pas visite.

— Vous oubliez, maman, dit Elizabeth, que nous le verrons lors des réceptions, et que Mrs. Long a promis de nous le présenter.

— Je ne crois pas que Mrs. Long le fera. Elle a deux nièces à elle. C'est une femme égoïste et hypocrite, et je n'ai pas une bonne opinion d'elle.

— Moi non plus, dit Mr. Bennet, et je suis content d'apprendre que vous ne vous fiez pas à elle pour vous rendre service.

Mrs. Bennet ne daigna pas répondre mais, incapable de se contenir, elle se mit à disputer une de ses filles.

— Cesse un peu de tousser, Kitty, pour l'amour du Ciel ! Aie donc un peu de pitié pour mes nerfs ! Tu les réduis en miettes !

— Kitty tousse sans la moindre discrétion, dit son père. Elle le fait quand ce n'est pas le moment !

— Je ne tousse pas pour le plaisir, répliqua Kitty d'un ton pleurnichard. Quand a lieu ton prochain bal, Lizzy ?

— Demain en quinze.

— Aïe ! s'écria la mère. Et Mrs. Long qui ne sera pas de retour avant la veille ! Il ne lui sera donc pas possible de nous le présenter puisqu'elle n'aura pas encore fait sa connaissance !

— À ce compte, ma chère, vous pourrez prendre le pas sur votre amie, et lui présenter Mr. Bingley.

— Impossible, Mr. Bennet, impossible ! du moment que je n'aurai pas fait sa connaissance moi non plus. Comment pouvez-vous être aussi moqueur ?

— Je rends hommage à votre circonspection. Deux semaines, pour une relation, c'est fort peu. Personne ne peut connaître vraiment quelqu'un au bout de quinze jours. Mais si nous ne nous risquons pas, un autre le fera et, après tout, Mrs. Long et ses nièces doivent avoir leur chance. De plus, comme elle considérera qu'il s'agit d'une amabilité, si vous refusez de le faire, je m'en chargerai.

Les filles fixèrent leur père avec étonnement tandis que Mrs. Bennet se contentait de dire :

— Absurdité ! Absurdité !

— Quel peut être le sens de cette exclamation emphatique ? s'écria-t-il. Considérez-vous une présentation dans les règles et l'importance qu'on lui accorde comme une absurdité ? Sur ce point, je ne suis pas d'accord avec vous. Qu'en dis-tu, Mary ? Tu es, je le sais, une jeune dame qui réfléchit profondément, lit de gros livres et les cite volontiers.

Mary voulut dire quelque chose de sensé mais elle ne trouva rien.

— Le temps que Mary se remette les idées en place, dit-il, revenons-en à Mr. Bingley.

— Je suis dégoûtée de Mr. Bingley ! se récria sa femme.

— Je suis désolé d'entendre cela. Pourquoi ne pas me l'avoir dit plus tôt ? Si je l'avais su ce matin, je ne me serais certes pas présenté chez lui. C'est bien malheureux mais maintenant que je lui ai rendu visite, nous ne pourrons pas éviter de le fréquenter.

L'étonnement qui frappa ces dames fut juste tel qu'il l'escomptait. Celui de Mrs. Bennet surpassa peut-être celui des autres. Toutefois, quand la première vague de joie fut retombée, elle déclara qu'elle s'en était doutée tout le temps.

— Quelle bonté de votre part, mon cher Mr. Bennet ! Mais je savais que je finirais par vous convaincre. J'étais sûre que vous aimiez trop vos filles pour négliger une telle relation. Eh bien ! que je suis contente ! Et quelle bonne plaisanterie d'être allé le voir ce matin sans nous en avoir soufflé mot jusqu'à maintenant.

— Et à présent, Kitty, tu peux tousser à ta guise, dit Mr. Bennet.

Sur quoi, il quitta la pièce, fatigué des extases de sa femme.

— Quel excellent père vous avez, les filles, dit-elle quand la porte se fut refermée. Je ne sais pas si vous pourrez jamais le remercier assez de sa gentillesse. Ni moi non plus, de la mienne, du reste. À l'âge que nous avons, il n'est pas agréable, je vous le garantis, de se faire des relations nouvelles chaque jour. Mais pour votre bien, nous ferions n'importe quoi. Lydia, ma chérie, même si tu es la plus jeune, je peux t'assurer que Mr. Bingley dansera avec toi au prochain bal.

— Oh ! répondit Lydia, sans s'émouvoir, je n'ai pas peur car, quoique la plus jeune, je suis la plus grande.

Le reste de la soirée se passa à tâcher de deviner si Mr. Bingley mettrait longtemps à rendre sa visite à Mr. Bennet, et à décider quand il conviendrait de l'inviter à dîner.

3

Rien de ce que Mrs. Bennet, avec l'aide de ses cinq filles, put demander sur le sujet ne fut suffisant pour tirer de son mari une description satisfaisante de Mr. Bingley. Elles attaquèrent de diverses façons – en usant de questions directes, de suppositions ingénieuses, de conjectures lointaines – mais il les éluda toutes, si habiles fussent-elles. Finalement, elles durent se contenter des informations de seconde main de leur voisine, Lady Lucas. Son rapport fut hautement favorable. Sir William était enchanté de leur nouveau voisin. Il était jeune, merveilleusement joli garçon, extrêmement agréable, et, pour couronner le tout, il avait l'intention d'assister au prochain bal en compagnie de très nombreux amis. Rien ne pouvait être plus délicieux ! Aimer danser était, à coup sûr, la première étape pour tomber amoureux. Aussi fonda-t-on de très vifs espoirs sur le cœur de Mr. Bingley.

— Qu'au moins je puisse voir une de mes filles solidement établie à Netherfield, dit Mrs. Bennet à son mari, et toutes les autres aussi bien mariées et, alors, je n'aurai plus rien à désirer.

Quelques jours plus tard, Mr. Bingley rendit sa visite à Mr. Bennet ; il resta assis dix minutes avec lui dans sa bibliothèque. Il avait entretenu l'espoir d'être admis à apercevoir les jeunes filles dont il avait entendu vanter la beauté mais vit seulement le père. Les dames, elles, eurent plus de chance dans la mesure où elles purent constater, depuis une fenêtre d'en haut, qu'il portait un manteau bleu et montait un cheval noir.

Une invitation à dîner fut envoyée peu après mais à peine Mrs. Bennet eut-elle établi un menu qui devait faire honneur à ses talents de maîtresse de maison que revint une réponse qui différa tout. Mr. Bingley devait passer à Londres les jours suivants et, en conséquence, était dans l'incapacité d'accepter l'honneur de cette invitation, etc.

Mrs. Bennet en fut toute déconcertée. Elle ne pouvait pas imaginer quelles affaires pouvaient l'appeler en ville si peu de temps après son arrivée dans le Hertfordshire ; elle commença à craindre qu'il ne file sans cesse d'un endroit à un autre sans jamais s'établir pour de bon à Netherfield comme il l'aurait dû. Lady Lucas calma partiellement ses angoisses en suggérant qu'il était allé à Londres afin d'y rameuter de nombreux amis pour le bal. Du reste, il se raconta peu après que, pour l'occasion, Mr. Bingley allait ramener de la ville douze dames et sept messieurs. Les filles se désolèrent du trop grand nombre de dames puis se rassérénèrent en entendant dire, la veille de la réception, qu'au lieu de douze, il y en aurait seulement six – ses cinq sœurs et une cousine. Et, finalement, quand les hôtes de Netherfield firent leur entrée dans la salle de bal, ils étaient cinq en tout : Mr. Bingley, ses deux sœurs, le mari de l'aînée, et un autre jeune homme.

Mr. Bingley était beau garçon et plein de distinction ; d'une physionomie avenante, il montrait des manières aisées et sans affectation. Ses sœurs étaient de belles femmes, visiblement soucieuses d'élégance. Le beau-frère, Mr. Hurst, semblait à peine un gentleman mais son ami, Mr. Darcy, ne fut pas long à attirer l'attention générale par sa haute taille, la belle régularité de ses traits, la noblesse de sa mine et la rumeur qui courut dans toute l'assemblée moins de cinq minutes après son arrivée qu'il avait dix mille livres de rente. Les messieurs jugèrent qu'il avait beaucoup de prestance, les dames déclarèrent qu'il était plus joli garçon que Mr. Bingley, et on le considéra avec une grande admiration pendant à peu près la moitié de la soirée, jusqu'à ce que ses façons provoquent une vague d'aversion qui emporta sa popularité. On découvrit en effet qu'il était orgueilleux, qu'il prenait tout le monde de haut et que rien ne lui convenait. Même son immense propriété dans le Derbyshire ne put faire pardonner son comportement maussade et désagréable, et on décida qu'il ne supportait pas la comparaison avec son ami.

Mr. Bingley eut bientôt fait la connaissance des principaux membres de l'assistance ; il se montra joyeux et cordial, dansa toutes les danses, se déclara fâché que le bal se termine aussi tôt et parla d'en donner un lui-même à Netherfield. D'aussi aimables qualités parlèrent d'elles-mêmes. Quel contraste entre lui et son ami ! Mr. Darcy dansa seulement une fois avec Mrs. Hurst et une autre avec Miss Bingley, puis refusa d'être présenté à aucune dame de la compagnie et passa le reste de la soirée à arpenter la pièce en n'adressant la parole, à l'occasion, qu'à l'un des membres de son petit groupe. On eut tôt fait de juger le personnage. Il était l'homme le plus orgueilleux, le plus désagréable du monde, et chacun émit le vœu qu'il ne revienne jamais. Parmi les plus acharnés de ses ennemis se trouva Mrs. Bennet dont la réprobation vis-à-vis de son comportement en général fut aggravée par l'affront qu'il fit à l'une de ses filles.

Elizabeth Bennet s'était trouvée obligée, à cause de la rareté des messieurs, de rester assise durant deux danses. Et, pendant une bonne partie de ce temps-là, Mr. Darcy s'était tenu assez près d'elle pour qu'elle ait pu entendre la conversation qu'il avait eue avec Mr. Bingley quand ce dernier était venu le presser de se joindre aux danseurs.

— Viens, Darcy ! Je tiens à ce que tu danses. Je déteste te voir rester debout tout seul comme un sot ! Il vaudrait bien mieux que tu danses !

— À coup sûr je n'en ferai rien ! Tu sais combien je déteste ça sauf si je connais très bien ma cavalière. Dans une soirée comme celle-ci, ça me serait insupportable. Tes sœurs ne sont pas libres et il n'y a pas une seule autre femme dans cette salle avec qui je pourrais danser sans que ce soit une punition pour moi.

— Je ne serais pas aussi difficile que toi, pour un empire ! s'écria Mr. Bingley. Sur mon honneur, jamais de ma vie je n'ai rencontré autant d'agréables jeunes filles que ce soir. Et il y en a plusieurs qui, tu l'admettras, sont tout particulièrement jolies !

— Tu danses précisément avec la seule belle fille qu'il y ait ici, dit Mr. Darcy en regardant l'aînée des demoiselles Bennet.

— Oh ! c'est la plus belle créature que j'aie jamais rencontrée. Mais il y a une de ses sœurs assise juste derrière toi, qui est très jolie et, je puis l'affirmer, très charmante. Permets-moi de demander à ma cavalière de te la présenter.

— Laquelle veux-tu dire ?

Se retournant, il regarda Elizabeth un moment, croisa son regard, détourna alors les yeux et dit avec froideur :

— Elle est passable mais pas assez jolie pour me tenter, moi. Pour l'heure, je ne suis pas d'humeur à m'occuper des jeunes dames que les autres laissent pour compte. Tu ferais mieux de rejoindre ta cavalière et de profiter de ses sourires. Tu es en train de perdre ton temps avec moi.

Mr. Bingley suivit son conseil, Mr. Darcy s'éloigna et Elizabeth demeura en proie à des sentiments peu cordiaux à son égard. Elle raconta cependant l'histoire à ses proches avec beaucoup d'humour car elle était d'un naturel vif et spirituel, prompt à se délecter de tous les ridicules.

Globalement, la soirée se passa de façon plaisante pour toute la famille. Mrs. Bennet avait vu le groupe venu de Netherfield apprécier son aînée. Mr. Bingley avait dansé avec elle à deux reprises et ses sœurs lui avaient fait bonne figure. Jane en était aussi satisfaite que sa mère tout en le manifestant plus posément. Elizabeth était contente pour Jane. Mary avait entendu qu'on la signalait à Mr. Bingley comme la jeune fille la plus accomplie des environs. Catherine et Lydia avaient été assez heureuses pour ne jamais se retrouver sans cavalier, ce qui, à leur connaissance, était tout ce dont il fallait se soucier en pareille circonstance. Aussi étaient-elles toutes d'excellente humeur quand elles regagnèrent Longbourn, le village qu'habitaient les Bennet et dont ils étaient les habitants de marque.

Mr. Bennet n'était pas encore couché. Une fois qu'il avait un livre dans les mains, il ne faisait plus attention à l'heure. En plus, il était passablement curieux d'apprendre comment s'était passée une soirée qui avait éveillé d'aussi grandes espérances. Il aurait nettement préféré que les espoirs mis par sa femme dans le nouveau venu soient déçus mais il sut vite qu'il aurait à entendre une tout autre histoire.

— Oh ! mon cher Mr. Bennet, dit cette dernière en entrant chez lui, nous avons passé une soirée absolument délicieuse ! Quel bal parfait ! J'aurais aimé que vous soyez là. Jane a été admirée autant qu'il est possible ! Tout le monde m'a dit comme elle était à son avantage. Mr. Bingley l'a trouvée tout à fait jolie et a dansé deux fois avec elle. Rendez-vous compte, mon cher, il a vraiment dansé avec elle deux fois ! De toutes, elle a été la seule qu'il a priée une seconde fois ! Tout d'abord, il a invité Miss Lucas[1]. J'ai été tellement vexée de le voir s'adresser à elle. Toutefois, il ne l'a pas du tout trouvée à son goût. Personne ne le pourrait, du reste, comme vous le savez. Et, tandis qu'ils dansaient, il a paru très vivement impressionné par Jane si bien qu'il a demandé qui elle était, se l'est fait présenter et a dansé avec elle les deux danses suivantes. Ensuite il a dansé deux danses avec Miss King, puis deux avec Maria Lucas, puis deux avec Jane, de nouveau, puis, pour la *Boulanger*...

— S'il avait eu un peu pitié de moi, se récria le mari avec impatience, il n'aurait pas dansé moitié autant ! Pour l'amour de Dieu, pas un mot de plus sur ses cavalières. Si au moins il avait pu se fouler la cheville dès la première danse !

— Ah ! mon cher ! il m'enchante ! Il est si excessivement bel homme ! Et ses sœurs sont des femmes charmantes. De toute ma vie, je n'ai rien vu de plus élégant que leurs robes. Je puis vous assurer que la dentelle sur celle de Mrs. Hurst...

---

1. Traditionnellement, on accordait le titre de Miss suivi du nom de famille à la fille aînée de la dite famille. Ici, donc, Miss Lucas désigne Charlotte Lucas. De la même façon, « Miss Bennet » désignera Jane Bennet tout au long du livre.

Là, elle fut interrompue de nouveau. Mr. Bennet s'insurgea en effet contre toute description de toilette. Elle dut donc chercher un autre sujet et exposa, avec beaucoup d'amertume et pas mal d'exagération, le manque de correction si choquant de Mr. Darcy.

— Mais je puis vous l'assurer, ajouta-t-elle, Lizzy ne perd rien en n'étant pas à son goût car c'est un homme épouvantable, très désagréable et qui ne mérite pas qu'on lui plaise. Si hautain et si suffisant que personne n'a pu le souffrir. Il s'est promené d'un côté à l'autre en s'étonnant de sa propre grandeur. Pas assez belle pour qu'on danse avec elle ! J'aurais voulu que vous soyez présent pour le remettre à sa place comme vous savez le faire. Ah ! je déteste vraiment cet homme !

4

Quand Jane et Elizabeth se retrouvèrent seules, la première dit à sa sœur combien elle avait d'admiration pour Mr. Bingley.

— Il est tout ce qu'un jeune homme doit être, dit-elle, en mêlant la gentillesse à une parfaite éducation.

— Comme, en plus il est joli garçon, voilà un homme parfait, dit sa sœur.

— Je ne m'attendais pas à ce qu'il m'invite deux fois à danser.

— Voilà ce qui nous différencie : les compliments te surprennent toujours, et moi jamais. Quoi de plus naturel que de t'inviter de nouveau ? Il ne pouvait pas ignorer que tu étais cinq fois plus jolie que n'importe quelle autre fille de l'assemblée.

— Chère Lizzy !

— En fait, tu as beaucoup trop tendance à aimer tout le monde. Tu ne trouves de défaut à personne et chacun, à tes yeux, est bon et aimable. Je ne t'ai jamais entendue dire du mal de qui que ce soit !

— Je ne veux jamais condamner à la hâte. Mais je dis toujours ce que je pense !

— Je le sais, et cela m'étonne. Avec ton grand bon sens, t'aveugler en toute honnêteté sur les folies et les sottises des autres ! Faire la naïve, voilà qui est commun. En revanche, être assez candide pour retenir seulement les bons côtés des gens et les juger meilleurs qu'ils le sont vraiment, cela n'appartient qu'à toi ! Sans doute aimes-tu aussi les sœurs de Mr. Bingley ? Elles ne le valent pourtant pas !

— Pas au premier abord mais elles sont charmantes quand on parle avec elles. Miss Bingley doit venir vivre avec lui pour tenir sa maison. Je gage qu'avec elle nous aurons une charmante voisine.

Elizabeth ne répondit pas. Elle n'était pas convaincue. Douée d'un caractère moins accommodant que sa sœur et d'un jugement froid et pénétrant, elle n'admirait pas ces dames. Elles étaient belles et élégantes mais fières et imbues de leur personne même si, à l'occasion, elles pouvaient se montrer gaies et aimables.

Elles possédaient une fortune de vingt mille livres, savaient fort bien dépenser plus que leurs revenus, fréquentaient le beau monde et étaient naturellement portées à penser du mal des autres. Elles appartenaient à une famille du nord de l'Angleterre qui devait sa fortune au commerce, ce qu'elles auraient bien voulu faire oublier.

Mr. Bingley avait hérité cent mille livres sterling à la mort de son père, deux ans auparavant. Quoique ayant vaguement l'intention d'acheter une terre pour s'y établir, il avait visité le château de Netherfield qui était seulement proposé à la location et, charmé par la beauté des lieux, il l'avait loué sur-le-champ.

Il existait entre lui et Darcy une sincère amitié en dépit de l'opposition radicale de leurs caractères. Bingley s'était rendu cher à son ami par sa franchise, sa vivacité, la souplesse de son humeur, en bref, tout ce que l'autre n'avait pas et qui, du reste, ne semblait pas lui manquer. Il avait entièrement confiance en Darcy et s'en remettait à son jugement qu'il tenait en haute estime. Il n'était pas sot mais Darcy était supérieur. Il avait plus de pénétration et plus d'instruction même s'il était fier, réservé et porté au dédain – outre que ses manières, quoique parfaitement distinguées, n'étaient pas cordiales. En sorte que, partout où ils allaient, il était certain qu'on aimerait Bingley et que Darcy fâcherait quelqu'un.

La façon dont ils parlèrent du bal de Meryton fut révélatrice de leurs tempéraments respectifs. De sa vie, Bingley n'avait jamais rencontré autant de gens aimables et d'aussi jolies jeunes personnes. Tout le monde s'était montré cordial avec lui, sans raideur ni gaucherie. Quant à Miss Bennet, il ne pouvait imaginer un ange plus beau. Darcy, en revanche, avait vu une assemblée où manquaient la beauté et l'élégance, où personne ne lui avait inspiré le moindre intérêt ni procuré le moindre plaisir. Il admit que Miss Bennet était jolie. Mais elle souriait trop.

Mrs. Hurst et Miss Bingley l'approuvèrent. Cependant elles avaient trouvé la jeune fille à leur convenance. Jane fut donc déclarée charmante, et Bingley se sentit autorisé à penser d'elle ce qu'il voulait.

5

Non loin de Longbourn vivait une famille avec laquelle les Bennet étaient liés. Sir William Lucas, autrefois négociant à Meryton, possédait une jolie fortune. Il avait obtenu du roi le titre de chevalier, une faveur qui l'avait rendu vaniteux mais pas dédaigneux car, naturellement doux et amical, il se plaisait à se montrer aimable avec tous ceux qui le fréquentaient. Son épouse, Lady Lucas était une brave femme, d'un esprit très ordinaire. Ils avaient plusieurs enfants dont l'aînée, âgée de vingt-sept ans, s'appelait Charlotte et était l'amie intime d'Elizabeth.

Le lendemain du bal, la famille Lucas se rendit à Longbourn. Naturellement, on passa en revue les événements de la veille.

— Mieux vaut écouter Mr. Bingley que son ami, n'est-ce pas ? dit Charlotte au bout d'un moment. Pauvre Eliza ! Oser prétendre que tu n'es que passable !

— Lizzy ne doit pas s'offenser de cette impertinence, s'empressa de répliquer Mrs. Bennet. C'est un homme si abominable que je serais bien fâchée qu'elle lui ait plu !

— Miss Bingley m'a dit qu'il parlait peu aux étrangers mais qu'avec ses amis il était charmant, intervint Jane.

— Je n'en crois rien, ma chérie ! Il est d'une fierté intolérable. Je pense qu'il a refusé d'adresser la parole à Mrs. Long qui était assise à côté de lui parce qu'il savait qu'elle est venue au bal dans une voiture de louage.

— Peu importe Mrs. Long, dit Charlotte, mais j'aurais voulu qu'il danse avec Eliza. Et en même temps, son orgueil ne me choque pas autant qu'il le devrait. Un jeune homme beau, riche et venant d'une famille distinguée a le droit d'être fier, du moins, il me semble.

— C'est vrai, répondit Elizabeth. Et je lui pardonnerais facilement son orgueil s'il n'avait pas blessé le mien.

— L'orgueil, fit observer Mary, qui se piquait de réflexions profondes, est, je crois, un défaut des plus communs. D'après ce que j'ai lu, la nature humaine y est sujette au point qu'il y a peu de gens qui ne tirent pas fierté de qualités réelles ou imaginaires. La vanité et l'orgueil sont d'ailleurs deux choses différentes et on peut être orgueilleux sans être vaniteux. L'orgueil provient de l'opinion que nous avons de nous-mêmes, et la vanité de celle que nous désirons que les autres aient de nous. Du reste…

— Si j'étais aussi riche que Darcy, l'interrompit un des jeunes Lucas, je serais aussi fier que lui. J'aurais une meute de chiens et je boirais une bouteille de vin chaque jour.

— Alors, vous boiriez beaucoup trop, dit Mrs. Bennet. Et si je vous voyais faire, je vous confisquerais la bouteille !

Le garçon protesta qu'elle n'en ferait rien ; elle persista à dire qu'elle le ferait, et la discussion dura jusqu'à la fin de la visite.

6

Les dames de Netherfield ne tardèrent pas à visiter celles de Longbourn qui leur rendirent la politesse. Les manières plaisantes de Jane augmentèrent la bonne impression que Mrs. Hurst et Miss Bingley avaient d'elle mais elles trouvèrent la mère insupportable et, les jeunes sœurs, indignes d'intérêt.

Elizabeth n'apprécia guère leurs attentions soutenues pour son aînée car elle y décelait de la hauteur et devina qu'elles provenaient certainement de l'influence du frère. Il était clair, en effet, que Mr. Bingley témoignait à Jane une préférence marquée. Cette dernière, de son côté, continuait d'avoir un faible pour lui et ne tarderait pas à en être sérieusement amoureuse.

Elizabeth sut avec plaisir que le monde ne découvrirait pas facilement ce sentiment car Jane était dotée d'une tranquillité d'humeur égale qui la préserverait des soupçons des curieux.

Elle confia cette pensée à Charlotte Lucas.

— On peut désirer, répondit cette dernière, cacher aux autres ses sentiments mais il peut y avoir un risque à ne pas montrer son inclination à celui qui en est l'objet. Souvent, une femme fait mieux de témoigner plus qu'elle ne sent. Ta sœur plaît à Mr. Bingley, c'est certain, mais il se peut qu'il en demeure là, à moins qu'elle ne l'aide un peu.

— Mais elle l'encourage autant que possible. Si moi je m'aperçois de la préférence qu'elle a pour lui, il faudrait qu'il soit bien benêt pour ne pas le voir aussi.

— Seulement, même s'ils se rencontrent souvent, ils ne sont ensemble que quelques heures et encore, en nombreuse compagnie. Ils n'ont que peu de temps pour parler en tête à tête. Elle devrait en profiter pour s'assurer des sentiments de Mr. Bingley.

— Le plan est bon, dit Elizabeth, lorsqu'on désire se marier. Mais ce ne sont pas là les projets de Jane. En fait, elle n'en a aucun. Je pense, même, qu'elle ne croit pas, jusqu'à présent, être attachée à Mr. Bingley.

— Eh bien ! dit Charlotte en manière de conclusion, je souhaite à Jane bien du succès, de tout cœur. Seulement, si elle épousait Mr. Bingley demain sans mieux le connaître, je pense qu'elle aurait autant de chances d'être heureuse que si elle avait étudié son caractère douze mois durant. Le bonheur, dans le mariage, n'est que l'effet de la chance : bien se connaître et s'accorder avant de se marier n'y fait rien. Les époux changent toujours assez pour qu'apparaissent surprises et différends. Selon moi, il vaut mieux connaître aussi peu que possible les défauts de celui avec lequel on devra passer sa vie.

— Tu es amusante, Charlotte, mais je suis bien sûre que tu ne te conduirais pas ainsi.

Occupée à observer la conduite de Mr. Bingley envers Jane, Elizabeth était loin de soupçonner qu'elle commençait à éveiller l'intérêt de Mr. Darcy. D'abord, il avait à peine admis qu'elle était jolie. Il l'avait regardée sans plaisir au bal et, quand il la rencontra le lendemain, il ne la regarda que pour pouvoir la critiquer. Mais dès qu'il eut fini de démontrer, à lui-même comme à ses amis, qu'aucun des traits de son visage n'était digne de louange, il s'aperçut que l'expression de ses beaux yeux noirs rendait sa physionomie remarquablement intelligente. À cette découverte en succédèrent d'autres tout aussi vexantes pour lui. Il eut beau déceler, à force de les chercher, plusieurs défauts nuisant à l'harmonie de sa silhouette, il fut forcé d'admettre qu'elle était néanmoins fine et gracieuse. Et il eut beau prétendre qu'elle n'appartenait pas au beau monde, il se laissa prendre par sa gaieté et son aisance. Elle n'en sut rien ; il resta pour elle l'homme qui ne voulait plaire à personne et qui ne l'avait pas trouvée assez jolie pour la faire danser.

Il souhaita mieux la connaître, et, avant de parler avec elle, voulut écouter sa conversation. Elle le remarqua. C'était chez Sir William Lucas.

— Pourquoi Mr. Darcy m'écoute-t-il ainsi quand je discute avec le colonel Forster ? demanda-t-elle à Charlotte.

— Voilà une question à laquelle lui seul peut répondre.

— S'il recommence, je lui ferai savoir que j'ai remarqué son manège. Son regard est moqueur en permanence, et si je ne me mets pas à être impertinente à mon tour, il finira par m'intimider.

Un instant après il s'approcha d'elles. Charlotte mit alors son amie au défi d'aborder le sujet avec lui si bien qu'Elizabeth lui dit :

— Ne trouvez-vous pas, monsieur, que je me suis singulièrement bien exprimée quand j'ai tanné le colonel Forster pour qu'il donne un bal à Meryton ?

— Avec beaucoup d'énergie, en tout cas. Mais le sujet rend toujours une dame pugnace.

— Vous êtes sévère avec nous.

Ils furent interrompus par Mary qui, à la demande de ses sœurs cadettes, s'était mise au piano. Elle joua des airs écossais. Les jeunes demoiselles Bennet se mirent à danser dans un coin du salon avec les jeunes Lucas et quelques officiers.

Mr. Darcy demeura debout en silence, indigné par cette manière de passer la soirée au détriment de toute conversation. Il était tout absorbé dans ses pensées quand Sir William lui adressa la parole :

— Quelle charmante récréation pour les jeunes gens, Mr. Darcy ! Pour ma part, je regarde la danse comme un des grands raffinements d'une société policée.

— Certes, monsieur. Et, elle a, de plus, l'avantage d'être en vogue chez les peuples moins civilisés : les sauvages dansent !

Sir William se contenta de sourire en guise de réponse.

À ce moment, Elizabeth s'étant approchée d'eux, il lui vint à l'idée une galanterie. Il l'appela :

— Ma chère Miss Eliza, lui dit-il, pourquoi ne dansez-vous pas ? Mr. Darcy, vous devez me permettre de vous présenter cette demoiselle comme une excellente cavalière. Vous ne pouvez refuser de danser quand tant de beauté est face à vous.

Prenant la main d'Elizabeth, il la donna à Mr. Darcy, qui, bien que surpris, ne fut pas fâché de la recevoir. Mais elle la retira, fit un pas en arrière et dit à Sir William :

— En vérité, monsieur, je n'ai pas envie de danser. Croyez bien que je ne suis pas venue de ce côté pour mendier un cavalier.

Mr. Darcy, avec gravité, la pria de l'honorer d'une danse, mais ce fut en vain. Elizabeth était résolue et Sir William ne put pas la faire changer d'avis. Elle les regarda d'un air malicieux et s'éloigna.

Son refus ne lui fit pas de tort auprès de Mr. Darcy. Au contraire, il pensait à elle avec plaisir lorsque Miss Bingley le rejoignit.

— Je devine le sujet de vos pensées, lui dit-elle.

— Je crois que non.

— Vous pensez combien il serait ennuyeux de passer beaucoup de soirées comme celle-ci, en pareille compagnie. Et je suis bien de votre avis, jamais je ne m'étais autant ennuyée. L'insipidité et le bruit, la petitesse et la prétention de ces gens-là…

Que ne donnerais-je pas pour entendre vos avis là-dessus !

— Je vous l'ai dit : vous vous trompez. J'avais l'esprit beaucoup plus agréablement occupé. Je songeais à l'extrême plaisir que peuvent procurer les beaux yeux d'une jolie femme.

Miss Bingley le fixa et voulut savoir laquelle de ces dames il fallait créditer de cette remarque.

— Miss Elizabeth Bennet, répondit Mr. Darcy avec assurance.

— Miss Elizabeth Bennet ! répéta Miss Bingley. Je suis dans l'étonnement. Depuis quand a-t-elle droit à votre faveur ? Et quand pourrai-je vous présenter mes félicitations ?

— Voilà justement la question que j'attendais de vous ! L'imagination d'une femme est si vive qu'elle passe de l'admiration à l'amour et de l'amour au mariage en un clin d'œil. Je m'y attendais.

— Eh bien ! puisque vous voici tellement sérieux, je considère que c'en est fait. Vous aurez une belle-mère exquise, et qui, bien sûr, viendra vivre avec vous à Pemberley.

Il l'écouta avec une totale indifférence tout le temps qu'elle plaisanta sur le sujet, et comme sa placidité l'assurait qu'il n'y avait rien de grave, ses moqueries durèrent longtemps.

7

La fortune de Mr. Bennet consistait presque entièrement en une terre rapportant deux mille livres de rente mais, malheureusement pour ses filles, elle était promise à un parent éloigné, faute d'héritier mâle. Celle de leur mère, quoique ample étant donné sa condition, ne pouvait les dédommager que faiblement : son père, homme de loi à Meryton, lui avait laissé quatre mille livres sterling.

Elle avait une sœur mariée à un Mr. Philips, jadis clerc de leur père et devenu son successeur, ainsi qu'un frère, établi à Londres à la tête d'une respectable compagnie de commerce.

Le village de Longbourn n'était qu'à un mille de Meryton, une distance fort commode pour ces demoiselles qui étaient attirées là trois ou quatre fois par semaine, pour présenter leurs devoirs à leur tante Philips et au magasin de modes, de l'autre côté de la rue. Les deux plus jeunes, Catherine et Lydia, étaient les plus assidues. Comme elles étaient moins occupées que les aînées, une promenade à Meryton leur faisait passer la matinée et leur donnait un sujet de conversation pour l'après-midi.

Aussi peu fertile en événements que puisse être la province, elles apprenaient toujours une nouvelle de leur tante. À ce moment-là, elles se trouvaient agréablement préoccupées par l'arrivée d'un régiment qui allait passer l'hiver en ville. À chaque visite, elles apprirent le nom de quelques officiers, puis l'endroit où ils logeaient avant, finalement, de faire leur connaissance. Dès lors, elles ne parlèrent plus que de militaires, et la fortune de Mr. Bingley, dont l'évocation donnait le sourire à leur mère, ne fut qu'une bagatelle à leurs yeux comparée à l'uniforme d'un lieutenant.

Un matin, après les avoir écoutées, Mr. Bennet leur dit :

— Je peux conclure de vos bavardages que vous êtes deux des filles les plus folles du pays. Je m'en doutais, j'en suis convaincu.

— Je suis étonnée, mon cher, répliqua Mrs. Bennet, que vous soyez si prompt à taxer vos enfants de folie.

— Si mes enfants battent la campagne, j'espère toujours parvenir à m'en apercevoir.

— Oui, mais il se trouve qu'elles sont toutes très malignes.

— Voilà un point sur lequel nous ne nous accordons pas, ma chère. J'espère que c'est le seul mais il se trouve qu'à mon avis nos deux plus jeunes filles sont deux sottes.

— Mon cher Mr. Bennet, vous ne pouvez pas espérer que des enfants de cet âge aient autant de bon sens que leurs parents ! Je me souviens qu'à l'époque je m'étais moi-même amourachée d'un uniforme... Mais je puis vous l'assurer, à nos âges, elles ne penseront pas plus aux officiers que nous.

L'arrivée d'un domestique venu de Netherfield empêcha Mr. Bennet de répondre. Il portait un message et attendait une réponse.

— C'est de Miss Bingley, dit Jane avant de lire à haute voix :

Très chère amie,

Si vous n'êtes assez compatissante pour venir dîner avec nous, Louisa et moi, nous courons le risque de nous détester pour le restant de nos jours, car une journée de tête-à-tête entre deux femmes ne peut s'achever sans querelle. Venez dès que possible après la réception de la présente. Mon frère et ces messieurs dînent en ville avec les officiers.

Votre

CAROLINE BINGLEY.

— Ils dînent en ville, dit Mrs. Bennet, voilà qui est malheureux !

— Pourrai-je avoir la voiture ? dit Jane.

— Non, ma chérie. Il te vaut mieux y aller à cheval car il risque de pleuvoir et, alors, tu seras obligée de rester jusqu'à demain.

— Votre plan serait excellent, maman, dit Elizabeth, s'il n'y avait pas le risque qu'on la reconduise.

— Oh ! mais la voiture sera à Meryton avec les messieurs !

Si bien que Jane dut aller à cheval. Sa mère l'accompagna jusqu'à la grille en l'assurant avec joie qu'elle aurait du mauvais temps. Et de fait, à peine était-elle partie que survint une forte pluie. Les sœurs furent inquiètes pour elle, la mère très contente. Il plut sans répit toute la soirée ; Jane ne revint pas.

— C'est une brillante idée que j'ai eue ! répéta Mrs. Bennet plusieurs fois pendant l'après-midi.

Ce fut toutefois le lendemain matin qu'on put pleinement mesurer l'heureux résultat de sa ruse. Un domestique apporta le billet suivant à Elizabeth, de Netherfield :

Ma chère Lizzy,

Je suis bien malade. J'ai été mouillée jusqu'aux os, hier matin, et n'ai pas fermé l'œil de la nuit. Mes bonnes amies ne veulent pas entendre parler de me laisser partir avant que je sois rétablie. Elles veulent faire chercher Mr. Jones, aussi ne soyez pas inquiets à la maison si vous entendez dire qu'il est venu me voir. En fait, à l'exception d'un mal de gorge et de tête, je n'ai rien d'alarmant.

Bien à toi, etc.

— Et voilà, ma chère, dit Mr. Bennet à sa femme, si votre fille est gravement malade et en meurt, ce sera une consolation de savoir que tout est arrivé en courant après Mr. Bingley, sur votre ordre.

— Oh ! je ne m'inquiète guère. On ne meurt pas d'un rhume. Et tant qu'elle restera là-bas, tout ira bien.

Elizabeth, en revanche, était préoccupée. Elle décida de se rendre au chevet de son aînée et, ne pouvant avoir la voiture et n'aimant pas à monter à cheval, elle résolut d'aller à pied.

— Quelle idée ! s'indigna Mrs. Bennet. Les chemins sont si boueux que vous ferez horreur en arrivant à Netherfield !

— Je ne ferai pas horreur à Jane et c'est elle seule que je vais voir. La distance n'est rien si on a un but. Je serai de retour pour dîner.

Elizabeth se mit en chemin. Elle alla d'un pas vif, traversant un pré après l'autre, sautant par-dessus les fossés et les flaques, et finit par atteindre sa destination, les chevilles douloureuses, les bas couverts de boue et le visage coloré par l'exercice. On la fit entrer dans la salle du petit déjeuner où se tenait tout le monde, hormis Jane. Son apparition causa un mouvement de surprise.

Qu'elle ait pu faire trois miles, par un si mauvais temps, d'aussi bonne heure et seule, dépassait l'entendement de Mrs. Hurst et de Miss Bingley. Elizabeth sentit qu'elles la méprisaient. Elles la reçurent néanmoins avec civilité mais, dans l'accueil du frère, il y eut plus que de la politesse : il se montra content et gentil. Mr. Darcy parla peu, et Mr. Hurst ne parla pas. Le premier hésitait entre admirer son teint qu'avait avivé la promenade et se demander si le motif de sa visite justifiait qu'elle soit venue aussi loin toute seule. Le second s'occupait de son assiette.

Aux questions qu'elle posa, on répondit que Jane avait mal dormi, était fiévreuse et ne se sentait pas assez bien pour quitter la chambre. Elizabeth demanda qu'on la conduise auprès d'elle. Jane témoigna le plus vif plaisir en la voyant. Elle n'était pas en état de parler toutefois et, quand Miss Bingley les laissa seules, Elizabeth s'occupa de la soigner en silence. Après le petit déjeuner, les sœurs Bingley montèrent les rejoindre. L'apothicaire passa et déclara, comme on s'y attendait, qu'elle souffrait d'un sérieux rhume. Il lui conseilla de s'aliter et de prendre les médicaments qu'il ferait porter.

Quand trois heures sonnèrent, Elizabeth songea, à regret, qu'il lui fallait se retirer et le dit. Miss Bingley lui offrit la voiture mais Jane manifesta tant de chagrin de devoir se séparer d'elle que Miss Bingley se sentit obligée d'inviter Elizabeth à rester. Sa proposition fut acceptée avec reconnaissance, et on envoya un domestique à Longbourn annoncer cette décision et chercher ce dont les deux sœurs pourraient avoir besoin.

8

À cinq heures, Miss Bingley et Mrs. Hurst se retirèrent pour s'habiller et, à six heures et demie, on appela Elizabeth pour le dîner. Aux interrogations polies dont on la pressa, et qui lui permirent de percevoir avec plaisir un empressement plus marqué de la part de Mr. Bingley, elle ne put pas donner de réponse rassurante. Jane n'allait pas mieux. Les sœurs Bingley, en l'entendant, répétèrent trois ou quatre fois qu'elles étaient désolées, qu'il était choquant d'attraper un méchant rhume et à quel point elles détestaient être malades elles-mêmes. Après quoi, elles n'y pensèrent plus et leur indifférence vis-à-vis de Jane permit à Elizabeth de renouer avec l'antipathie qu'elle avait éprouvée pour elles dès le début.

Dans leur petit groupe, le frère était réellement le seul qu'elle pouvait considérer avec confiance. Son inquiétude pour Jane était évidente et ses attentions envers elle-même, agréables ; elles l'empêchèrent de se considérer tout à fait comme une intruse alors que, elle le sentit bien, c'était ce que les autres pensaient d'elle. Il fut le seul à lui accorder un peu d'attention. Miss Bingley était obnubilée par Mr. Darcy, sa sœur, à peine moins qu'elle. Quant à Mr. Hurst, à côté de qui Elizabeth était assise, c'était un homme indolent qui vivait pour manger, boire et jouer aux cartes et qui, quand il découvrit qu'elle préférait un simple rôti à un ragoût, n'eut plus rien à lui dire.

Dès que le dîner s'acheva, elle remonta au chevet de Jane. Miss Bingley se mit à la critiquer aussitôt qu'elle fut sortie de la pièce. Elle prononça que ses manières étaient décidément déplorables, un mélange d'orgueil et d'impertinence, qu'elle n'avait aucune conversation, aucun style, aucune beauté.

Mrs. Hurst fut de son avis et ajouta :

— Elle n'a rien, en bref, qui soit digne de louange à part d'être une excellente marcheuse. Je n'oublierai jamais son apparition, ce matin. Elle ressemblait presque à une sauvage.

— C'était le cas, vraiment, Louisa. J'ai eu du mal à garder mon sérieux. Quelle incongruité de venir ainsi ! Pourquoi devrait-elle arpenter la campagne parce que sa sœur a attrapé un rhume ? Et ses cheveux, tout en désordre, et ébouriffés !

— Oui ! Et son jupon. J'espère que vous avez remarqué son jupon. Recouvert de boue sur six pouces au moins ! Et la robe censée le cacher qui ne faisait pas du tout son office !

— Ta description est peut-être exacte, Louisa, dit Bingley, mais tous ces détails m'ont échappé. Miss Elizabeth Bennet m'a paru tout à fait à son avantage quand elle est arrivée ce matin. Et pour le jupon sale, je n'ai rien remarqué.

— Vous, au moins, l'avez remarqué, Mr. Darcy, j'en suis sûre, dit Miss Bingley. Et je suis certaine que vous ne voudriez pas que votre sœur s'exhibe de la sorte.

— Certainement pas.

— Parcourir trois miles à pied, ou quatre, ou cinq, je ne sais combien, avec de la boue par-dessus la cheville et seule, tout à fait seule ! Quel sens cela a-t-il ? Cela me paraît manifester une sorte d'indépendance et une suffisance du plus mauvais aloi, une indifférence aux convenances tout à fait provinciale.

— Cela montre une affection pour sa sœur qui fait plaisir à voir, dit Bingley.

— J'ai peur, Mr. Darcy, fit remarquer Miss Bingley en murmurant presque, que cette aventure n'ait affecté notablement votre admiration pour ses beaux yeux.

— Pas du tout, répliqua-t-il. L'exercice les avait rendus brillants.

Une pause suivit ces mots avant que Mrs. Hurst ne recommence :

— J'estime immensément Miss Jane Bennet. C'est une très gentille fille et je lui souhaite de tout cœur de faire un beau mariage. Mais avec un tel père et une telle mère, et si peu de relations, j'ai bien peur qu'elle n'ait aucune chance d'y parvenir.

— J'ai cru vous entendre dire qu'il y avait un oncle homme de loi à Meryton ?

— Oui. Et un autre vit quelque part près de Cheapside[1].

— Voilà un point capital ! ajouta sa sœur.

Et toutes les deux se mirent à rire de bon cœur.

— Si ces demoiselles avaient des oncles dans tout Cheapside, s'écria Bingley, cela ne les rendrait en rien moins agréables !

---

1. Nom – qui pourrait se traduire par « Place du Marché » d'une rue de la City, le quartier des affaires de Londres. Il s'agit d'un lieu de résidence méprisé par les gens « chics ».

— Seulement cela amoindrirait leurs chances d'épouser des hommes jouissant de la considération du monde, remarqua Darcy.

Bingley ne répondit rien mais ses sœurs accordèrent leur pleine approbation à ce propos et se divertirent quelque temps aux dépens des relations vulgaires de leur chère amie.

Ce fut cependant avec un net regain de tendresse qu'elles retournèrent dans sa chambre au sortir de la salle à manger et qu'elles demeurèrent à son chevet jusqu'à l'heure du café. Jane allait encore mal et Elizabeth ne voulut pas la quitter avant tard dans la soirée, au moment où elle eut la satisfaction de la voir s'endormir. Il lui sembla alors qu'elle devait descendre même si cela ne lui faisait guère plaisir. Quand elle se présenta au salon, elle trouva tout le monde à la table de jeu et fut aussitôt invitée à se joindre à la partie. Soupçonnant qu'ils jouaient gros, elle déclina l'offre et, prenant sa sœur comme excuse, dit qu'elle préférait utiliser le peu de temps qu'elle pouvait passer en bas à se distraire avec un livre. Mr. Hurst la regarda, l'air sidéré.

— Vous aimez mieux lire que jouer aux cartes ? dit-il. C'est plutôt singulier.

— Miss Eliza Bennet dédaigne les cartes, dit Miss Bingley. C'est une grande lectrice et n'a de plaisir à rien d'autre.

— Je ne mérite ni ce compliment ni ces critiques, s'exclama Elizabeth. Je ne suis pas une grande lectrice, et je prends plaisir à quantité de choses.

— Vous prenez plaisir à soigner votre sœur, j'en suis sûr, dit Bingley. Et j'espère que vous aurez bientôt celui, encore plus grand, de la voir se rétablir.

Elizabeth le remercia de tout son cœur et se dirigea vers une table où étaient posés quelques livres. Il se proposa aussitôt d'aller lui en chercher d'autres – tous ceux que sa librairie contenait.

— J'aimerais, pour votre agrément et ma réputation, que ma collection soit plus grande. Mais je suis d'un naturel paresseux et, bien qu'il y en ait peu, j'en possède plus que je n'en ai lu.

Elizabeth l'assura que ceux qui se trouvaient sur la table lui convenaient parfaitement.

— Je suis étonnée, dit Miss Bingley, que mon père ait laissé une aussi petite collection de livres. Quelle merveilleuse bibliothèque vous avez à Pemberley, Darcy !

— Rien d'étonnant à cela, dit-il. Elle est l'œuvre de nombreuses générations.

— Et vous y avez fait, vous-même, d'importants ajouts. Vous achetez sans cesse des livres.

— Je ne comprends pas qu'on puisse négliger une bibliothèque familiale de nos jours.

— Négliger ! Je suis sûre que vous ne négligez rien de ce qui peut embellir une résidence aussi noble. Charles, quand tu construiras ta propre maison, je souhaite qu'elle soit ne serait-ce qu'à moitié aussi délicieuse que Pemberley.

— J'aimerais que ce soit le cas !

— Je te conseille fortement d'acheter un domaine dans la même région et de prendre Pemberley comme modèle. Il n'y a pas de plus joli comté en Angleterre que le Derbyshire.

— Très volontiers. J'achèterai même Pemberley si Darcy consent à le vendre.

— Je parle de ce qui est du domaine du possible, Charles !

— Ma parole, Caroline, je crois qu'il serait plus facilement possible d'obtenir Pemberley en l'achetant qu'en l'imitant.

Elizabeth se trouva à ce point captivée par ce qui se disait qu'elle cessa de faire attention à son livre. Bientôt, elle l'abandonna et alla jusqu'à la table de jeu près de laquelle elle se tint debout, entre Mr. Bingley et sa sœur aînée, pour observer la partie.

— Miss Darcy a-t-elle beaucoup grandi depuis le printemps ? demanda Miss Bingley. Sera-t-elle aussi grande que moi ?

— Je pense que oui. Elle est désormais de la taille de Miss Elizabeth Bennet ou un peu plus grande.

— Comme il me tarde de la revoir ! Je n'ai jamais rencontré personne qui m'ait enchantée à ce point ! Quelle allure ! Quelles belles manières ! Et tellement accomplie pour son âge. Sa façon de jouer du piano est exquise !

— Cela m'émerveille, dit Bingley, de voir combien les jeunes personnes peuvent avoir de patience pour acquérir les innombrables talents qui font qu'elles sont toutes accomplies !

— Toutes accomplies ! Mon cher Charles, que veux-tu dire ?

— Oui, toutes, je crois bien. Elles peignent toutes des dessus de table, recouvrent des paravents et tricotent des bourses. Je ne crois pas en connaître une seule qui n'en soit pas capable et, j'en suis sûr, je n'ai jamais entendu parler d'une jeune fille sans être aussitôt informé de ce qu'elle avait absolument tous les talents.

— Ta liste des talents qu'on rencontre d'habitude n'est que trop vraie, dit Darcy. Le terme « accomplie » est accordé à de nombreuses jeunes filles simplement parce qu'elles ont tricoté une bourse ou habillé un paravent. Mais je suis loin de te suivre dans ton estimation des femmes en général. Je ne peux pas me vanter d'en connaître, parmi l'ensemble de mes relations, plus d'une demi-douzaine qui soient vraiment accomplies.

— Moi non plus, j'en suis bien sûre, dit Miss Bingley.

— Alors, vous devez inclure de très nombreuses qualités dans l'idée que vous vous faites de la femme accomplie, dit Elizabeth.

— Oui, j'en inclus beaucoup, dit Darcy.

— Oh ! bien sûr ! s'exclama Miss Bingley, sa fidèle alliée. Nul ne saurait être considéré comme « accompli » s'il ne surpasse pas ce qu'on rencontre habituellement. Pour mériter le qualificatif, une femme doit avoir une excellente connaissance de la musique, du chant, du dessin, de la danse, des langues vivantes. De plus, elle doit posséder un certain quelque chose dans l'allure et la démarche, le ton de la voix, l'intonation et les expressions qu'elle emploie – sinon le qualificatif ne sera mérité qu'à moitié.

— Tout cela, il lui faut le posséder, approuva Darcy, mais elle doit y ajouter quelque chose de plus substantiel en se cultivant l'esprit par des lectures intensives et variées.

— Je ne m'étonne plus que vous connaissiez seulement six femmes accomplies, dit Elizabeth. C'est à se demander, même, comment vous pouvez en connaître une.

— Êtes-vous sévère sur le compte de votre propre sexe au point de douter de la possibilité qu'il en existe ?

— Je n'ai jamais rencontré une telle femme. Je n'ai jamais vu capacité, goût, application et élégance tels que vous les avez décrits réunis chez une seule personne.

Mrs. Hurst et Miss Bingley protestèrent toutes les deux contre l'injustice que sous-entendait ce doute et assuraient qu'elles connaissaient nombre de femmes correspondant à cette description quand Mr. Hurst les rappela alors à l'ordre en leur reprochant amèrement de ne plus faire attention au jeu. Comme cela mit fin à la conversation, Elizabeth ne tarda pas à quitter la pièce.

— Elizabeth Bennet, dit Miss Bingley dès que la porte se fut refermée derrière elle, fait partie de ces jeunes filles qui cherchent à se faire bien voir de l'autre sexe en sous-évaluant le leur. Et avec beaucoup d'hommes, cela réussit. Mais, à mon avis, c'est un piètre procédé, un artifice assez mesquin.

— Sans nul doute, répliqua Darcy à qui cette remarque était surtout destinée, il y a de la mesquinerie dans tous les artifices que les dames condescendent parfois à employer pour captiver les hommes. Tout ce qui est en rapport avec la ruse est méprisable.

Cette réponse ne satisfit pas suffisamment Miss Bingley pour qu'elle veuille poursuivre sur le sujet.

Ensuite, Elizabeth ne les rejoignit qu'une fois pour leur dire que sa sœur allait plus mal et qu'elle ne pouvait pas la quitter. Bingley insista pour qu'on fasse chercher Mr. Jones sur-le-champ. Ses sœurs, elles, persuadées qu'un diagnostic campagnard ne serait d'aucun secours, furent d'avis qu'on adresse un message en exprès à l'un des médecins les plus en vue de la capitale. Elizabeth ne voulut pas en entendre parler mais accepta la proposition du frère. Il fut décidé qu'on enverrait chercher Jones le lendemain matin si, à ce moment-là, Jane n'allait pas mieux. Bingley était aux cent coups ; ses sœurs se déclarèrent désespérées.

Elles se consolèrent de leur désarroi, toutefois, en chantant des duos après le dîner tandis que lui ne parvint pas à trouver d'autre soulagement à son inquiétude qu'en donnant à son intendant des consignes pour qu'on s'occupe au mieux de la jeune dame malade et de sa sœur.

9

Le lendemain, Jane allait un peu mieux. Elizabeth écrivit à sa mère pour lui demander de venir juger par elle-même de l'état de son aînée. Mrs. Bennet vint sans tarder à Netherfield, accompagnée de Catherine et de Lydia. Après être restée un moment avec Jane, elle descendit au salon avec ses trois filles. Mr. Bingley vint au-devant d'elle et lui dit qu'il espérait qu'elle n'avait pas trouvé Miss Jane plus malade qu'elle ne le croyait.

— En vérité, je ne m'attendais pas à la trouver si mal. Mr. Jones, qui vient de la voir, affirme qu'il est impossible de la déplacer. Il faudra que nous abusions de votre bonté encore pendant quelque temps.

— La déplacer ! s'écria Bingley, il n'y faut pas penser.

Mrs. Bennet fut prodigue de remerciements.

— Si je ne comptais pas sur vos bons soins, ajouta-t-elle, je serais inquiète, car elle est bien malade… Mais vous avez là un fort joli salon, Mr. Bingley. Netherfield est la maison la plus agréable des environs, j'espère que vous ne penserez pas à la quitter de sitôt.

— Tout ce que je fais est décidé à la hâte, dit-il. Si je dois quitter Netherfield, je serai parti cinq minutes après en avoir eu l'idée. Cependant, pour le moment, je m'y crois fixé.

— Je ne pense pas que Londres ait tant d'avantages sur la province si ce n'est la quantité de magasins et de places publiques. La campagne est plus agréable, n'est-ce pas, Mr. Bingley ?

— À la campagne, répondit-il, je ne désire pas me trouver ailleurs, et à Londres, je pense de même. Je puis être également heureux dans la capitale ou dans la province.

— Mais monsieur, dit Mrs. Bennett en regardant Darcy, semble croire que la campagne n'est rien du tout.

— En vérité, maman, dit Elizabeth en rougissant, Mr. Darcy pense que la société est bien plus nombreuse à la ville qu'à la campagne. Vous savez que cette observation est juste.

— Certes, ma chérie, mais, quant au voisinage, il y a bien peu comme le nôtre : nous avons ici vingt-quatre familles à voir !

Seule la crainte de blesser Elizabeth permit à Mr. Bingley de garder son sérieux. Sa sœur fut moins délicate : elle sourit à Mr. Darcy d'une manière fort expressive. Voulant détourner la conversation, Elizabeth demanda à sa mère si Charlotte Lucas était passée à Longbourn.

— Oui, elle est venue avec son père mais elle n'a pas voulu rester. Je pense que sa mère avait besoin d'elle pour préparer les *mince pies*[1]. Quant à moi, Mr. Bingley, j'ai des domestiques pour tout.

— Miss Lucas paraît fort aimable, dit Bingley avec gêne.

— Oui, mais il faut avouer qu'elle est bien laide. Lady Lucas me l'a souvent dit : elle m'envie la beauté de Jane. Je ne devrais pas louer ma propre fille, mais, à dire vrai, on n'en voit pas beaucoup de plus jolies qu'elle. Elle avait à peine quinze ans quand un ami de mon frère en est devenu amoureux. Nous pensions qu'il l'aurait demandée en mariage, mais il n'en a rien fait. Je pense qu'il la trouvait trop jeune. Il a néanmoins composé des vers à sa louange, de bien jolis vers, je vous assure.

— Ainsi a fini son affection, dit Elizabeth qui s'impatientait. Beaucoup d'autres que lui se sont guéris de même. Je voudrais bien savoir qui a découvert l'efficacité de la poésie pour chasser l'amour.

— Je considérais plutôt la poésie comme un aliment de l'amour, dit Darcy.

1. *Mince pie* : plat traditionnel de la cuisine anglaise consistant en une tourte à la viande hachée.

— D'un amour fort et profond, peut-être. Tout nourrit ce qui est déjà solide. Mais pour une inclination légère et peu fondée, je suis persuadée qu'un bon sonnet suffit à la détruire totalement.

Darcy sourit, et le silence qui suivit fit craindre à Elizabeth de nouveaux propos de sa mère ; elle voulut parler mais ne sut que dire... Fort heureusement, Mrs. Bennet demanda sa voiture.

Au moment de partir, Lydia, qui était peu timide, se décida à parler à Mr. Bingley au sujet du bal, ajoutant qu'il serait mal à lui de ne pas tenir sa parole. Sa réponse enchanta Mrs. Bennet :

— Je suis tout prêt à tenir ma promesse et, dès que votre sœur sera rétablie, vous pourrez vous-même en fixer le jour.

Mrs. Bennet et ses filles quittèrent alors Netherfield. Elizabeth alla aussitôt rejoindre Jane abandonnant sa conduite et celle de ses parentes à la critique des deux dames et de Mr. Darcy. Cependant elles ne purent pas l'amener à se moquer d'elle ni à sourire aux bons mots de Miss Bingley sur ses beaux yeux.

10

Cette journée se passa comme la précédente : Mrs. Hurst et Miss Bingley demeurèrent une partie de la matinée au chevet de la malade… Elle continuait à se rétablir lentement. Le soir, Elizabeth descendit au salon où la compagnie était réunie. Mr. Darcy finissait d'écrire une lettre.

— Je suis persuadée qu'une personne qui écrit facilement une longue lettre doit bien écrire, dit Miss Bingley.

— Vous avez mal choisi votre compliment ! dit son frère, car Darcy n'écrit pas avec facilité. Il cherche trop les grands mots !

— Charles, lui, écrit sans le moindre soin, dit Miss Bingley. Il oublie la moitié de ses mots, et barbouille le reste.

— Mes idées viennent si rapidement que je n'ai pas le temps de les exprimer. Mes lettres sont souvent inintelligibles.

— Votre modestie doit désarmer la critique, lui dit Elizabeth.

— Rien de plus trompeur que l'apparence de l'humilité, dit Darcy. C'est souvent du mépris pour l'opinion d'autrui ou une façon détournée de se vanter.

— Où ranges-tu mon petit exercice récent de modestie ?

— Vantardise. Tu tires gloire des fautes que tu fais en les mettant sur le compte d'une imagination trop vive et d'une étourderie qui te rend intéressant. Quand tu as dit que ta décision de partir d'ici serait prise en cinq minutes, tu pensais te faire un compliment. Et pourtant, qu'y a-t-il de louable dans une telle précipitation ?

— Ce que j'ai dit est vrai et je pense de même maintenant. Ce n'est donc pas un air que je me suis donné pour plaire aux dames.

— Je ne doute pas de ta bonne foi, mais si, au moment de ton départ, un ami te disait : « Tu ferais mieux de rester encore une semaine ou deux », tu suivrais probablement son conseil.

— Cela montre, dit Elizabeth, que Mr. Bingley ne s'était pas rendu justice. Vous venez de nous le montrer sous un jour plus favorable qu'il ne l'avait fait lui-même.

— Je crains que ce ne soit pas là la pensée de Darcy. Il aimerait mieux si je refusais net et partais sur-le-champ.

— Céder facilement à la prière d'un ami n'est pas un mérite à vos yeux, Mr. Darcy ? dit Elizabeth.

— Céder sans raison n'est un compliment pour l'intelligence ni de l'un ni de l'autre.

— Vous paraissez ne rien accorder à l'influence de l'affection. L'amitié qu'on a pour le demandeur fait qu'on répond favorablement à sa demande sans qu'il soit besoin de raisons.

Mr. Darcy sourit mais n'ajouta rien.

Après quoi, Miss Bingley se mit au piano et Mrs. Hurst chanta avec elle. Tout le temps qu'elles furent ainsi occupées, Elizabeth ne put s'empêcher de remarquer que les yeux de Mr. Darcy étaient continuellement fixés sur elle. Elle ne croyait pas pouvoir inspirer de l'intérêt à un homme si supérieur. Pourtant, qu'il la regarde ainsi par aversion aurait été encore plus surprenant. Elle finit par se dire qu'elle attirait son attention par ses manières qu'il devait trouver moins plaisantes que celles des autres. Cette idée ne la peina pas : elle l'aimait trop peu pour s'embarrasser de lui plaire.

En réalité, jamais Mr. Darcy n'avait rencontré de femme pour laquelle il se sente un goût aussi net. Son cœur aurait pu être en danger si la famille d'Elizabeth avait été plus distinguée, se disait-il à lui-même…

Miss Bingley en vit assez pour devenir jalouse. Son impatience de voir Jane se rétablir fut accrue par le désir de se débarrasser d'Elizabeth. Elle entreprit d'en dégoûter Darcy en parlant de leur mariage comme d'une excellente chose à faire.

— J'espère, lui dit-elle le lendemain, que vous ferez comprendre à votre belle-mère les avantages qu'elle aurait à se taire. Et tâchez d'empêcher vos jeunes belles-sœurs de courir après les officiers. Et aussi, dites à votre belle dame de se corriger de ce petit quelque chose entre la suffisance et l'impertinence qu'elle possède.

— D'autres propositions relatives à mon bonheur domestique ?

— Faites placer le portrait de l'oncle Philips dans votre galerie, à Pemberley. Quant à l'image chérie de votre Elizabeth, il ne faut pas songer à la peindre : quel art pourrait représenter ses beaux yeux ?

De son côté, Elizabeth songeait avec plaisir que bientôt elle serait de retour à Longbourn. Jane était déjà assez bien pour quitter la chambre et devait descendre au salon dans la journée.

11

Après le dîner, Elizabeth accompagna Jane au salon. Elle fut heureuse de constater combien Bingley se montra heureux de la revoir. Il fut attentif à tout, attisa le feu, afin qu'elle n'ait pas froid, la fit changer de place pour lui éviter le vent de la porte. Il s'assit ensuite auprès d'elle et s'en occupa exclusivement.

Après le thé, Mr. Hurst parla de jeu mais personne ne voulait jouer. Il s'allongea donc sur le sofa et s'endormit. Darcy prit un livre. Miss Bingley l'imita et Mrs. Hurst, surtout occupée à jouer avec ses bagues et ses bracelets, se mêla épisodiquement de la conversation entre son frère et Miss Bennet.

Miss Bingley, désespérant de s'amuser du livre qu'elle avait pris parce que c'était le second tome de celui de Darcy, dit en bâillant :

— Qu'il est agréable de passer ainsi la soirée ! Je ne connais pas de plaisir supérieur à la lecture.

Personne ne répondit. Elle bâilla encore, posa son livre et, entendant son frère et Miss Bennet parler de bal entre eux :

— À propos, Charles, dit-elle, penses-tu sérieusement à donner un bal ? Avant de te décider, tu devrais demander notre avis. Il en est parmi nous pour qui un bal serait une punition plutôt qu'un plaisir.

— Si tu veux parler de Darcy, il pourra aller se coucher, s'il préfère. Car j'y suis bien décidé.

— J'aimerais les bals, reprit-elle, s'ils n'avaient pas quelque chose de si ennuyeux… Au lieu de danser seulement, ne serait-il pas plus raisonnable d'y faire la conversation ?

— Bien plus raisonnable, dit Darcy, mais cela n'aurait pas autant l'air d'un bal.

— Par exemple ! Qu'il est méchant ! s'écria Miss Bingley. Comment le punir de son ironie ?

— Rien de plus facile, dit Elizabeth, moquez-vous de lui à votre tour. Étant si intime avec lui, vous devez savoir comment.

— Vraiment, non, je n'aurai pas la témérité de railler sans sujet.

— Quoi ! on ne peut se moquer de Mr. Darcy parce qu'il serait sans défaut ? Je serais désolée de rencontrer souvent de semblables perfections car j'aime beaucoup rire aux dépens de mon prochain.

— Miss Bingley, dit-il, me prête une perfection qui ne peut exister mais du moins m'efforcé-je d'éviter les faiblesses qu'on reproche souvent aux esprits les plus éclairés.

— Même celles de l'orgueil et de la vanité ? reprit-elle.

— La vanité est vraiment une faiblesse mais l'orgueil, quand on a un esprit supérieur, est toujours retenu dans de justes bornes.

Elizabeth se détourna pour cacher un sourire.

— J'ai mes défauts, poursuivit-il, comme chacun, mais ils ne sont pas dus, je l'espère, à la sottise. Je passerai mon caractère sous silence : il est peu facile, peu disposé à se plier aux convenances mondaines. Aussi, je ne parviens pas à oublier les folies et les vices d'autrui aussi vite que je le voudrais, et encore moins les torts qu'on a envers moi. On dira que je ne sais pas pardonner mais mon estime, une fois perdue, l'est pour toujours.

— Voilà un réel travers ! s'écria Elizabeth. La rancune fait tache dans un caractère.

— Je pense qu'il y a chez tous les hommes une propension innée à un défaut particulier que l'éducation ne corrige jamais entièrement.

— Un défaut qui vous fait détester tout le monde ?

— Et qui vous porte, vous, à ne vouloir comprendre personne.

— Oh ! faisons de la musique ! s'exclama Miss Bingley lassée d'une conversation à laquelle elle ne prenait pas de part.

Sa sœur ouvrit le piano, et Darcy, toute réflexion faite, n'en fut pas fâché : il commençait à s'apercevoir qu'il y avait du danger à porter trop d'attention à Elizabeth.

12

Elizabeth écrivit le lendemain matin à sa mère pour la prier d'envoyer la voiture les chercher dans la journée mais Mrs. Bennet voulait que Jane reste un peu plus à Netherfield. Elle répondit qu'elles ne pourraient pas l'avoir avant mardi et que si Mr. Bingley les invitait encore quelques jours, elle leur permettait d'accepter.

Elizabeth et Jane décidèrent donc d'emprunter la calèche de Mr. Bingley. Ce dernier apprit avec un vrai chagrin qu'elles voulaient s'en aller ; il essaya de convaincre Jane qu'elle n'était pas assez rétablie. Mais elle s'en tint à sa résolution.

Le dimanche matin, après l'office, eut lieu le départ tant désiré par une partie de la compagnie. Leur mère ne reçut pas ses filles d'un air très satisfait mais Mr. Bennet les revit avec joie : il avait senti combien elles étaient nécessaires au cercle de famille.

Elles trouvèrent Mary occupée, comme à l'ordinaire, par l'étude du contrepoint et de l'histoire naturelle.

Elles eurent de doctes observations sur les mœurs des nations à écouter… Catherine et Lydia avaient des nouvelles d'un autre ordre à leur communiquer ; il s'était passé bien des choses au régiment : on avait eu plusieurs officiers à dîner chez l'oncle, un soldat avait été fouetté et il se disait avec insistance que le colonel Forster allait se marier.

13

— J'espère, ma chère, dit Mr. Bennet à sa femme le lendemain, que vous avez prévu un bon dîner pour aujourd'hui parce que j'ai lieu de croire que nous serons un de plus à table.

— Que voulez-vous dire ? Je n'attends personne. À moins…

— La personne dont je parle est un homme. Un étranger.

Les yeux de Mrs. Bennet pétillèrent de joie.

— C'est Mr. Bingley, je suis sûre ! Que Jane a été discrète ! N'importe, je serai toujours contente de le recevoir… Lydia, ma chérie, sonne, je veux parler à Hills sur-le-champ.

— Ce n'est pas lui, dit son mari.

Face à l'étonnement général, il s'expliqua :

— J'ai reçu une lettre du cousin Collins, celui qui, aussitôt que je serai mort, pourra vous chasser toutes de cette maison.

— Oh ! Mr. Bennet, ne me parlez pas de cet homme-là, je l'ai en horreur ! C'est la pire chose au monde que votre terre soit substituée au préjudice de vos enfants. Vous auriez dû l'empêcher.

Jane et Elizabeth voulurent lui expliquer une nouvelle fois ce que c'était qu'une substitution mais le comprendre était hors de sa portée. Elle continua à se plaindre de la cruauté qu'il y avait à substituer son bien à un inconnu alors qu'on avait cinq filles.

— En vérité, dit-elle, je le trouve bien hypocrite de vous écrire.

— Il paraît éprouver des scrupules, comme vous allez le voir.

Sur quoi, profitant que toutes se taisaient, il lut :

Hunsford près Westerham-Kent, ce 15 octobre.

Monsieur,

La mésintelligence qui existait entre vous et feu mon père m'a toujours causé du chagrin et, depuis que j'ai eu le malheur de le perdre, j'ai souvent désiré panser cette plaie mais j'ai été retenu par la crainte de manquer de respect à sa mémoire. Toutefois ma décision est maintenant prise, car, ayant reçu l'ordination, j'ai été assez heureux pour obtenir la haute protection de la très hono-

rable Lady Catherine de Bourgh, laquelle a daigné me nommer pasteur de la belle paroisse d'Hunsford où je mets tous mes soins à remplir avec zèle les rites et cérémonies de l'Église anglicane. Comme ecclésiastique, j'estime de mon devoir de procurer la paix à toutes les familles c'est pourquoi je regarde comme très importantes les propositions que j'ai dessein de vous faire. L'idée que je dois un jour hériter de Longbourn ne vous empêchera pas, j'espère, d'accepter le rameau d'olivier de ma main. Je suis désolé en pensant combien je pourrai un jour causer de peine à vos aimables filles, aussi vous prié-je de les assurer que je suis prêt à leur offrir tous les dédommagements qui sont en mon pouvoir. Ainsi, si vous n'avez pas de répugnance à me recevoir, je me propose de présenter mes respects à vos dames, le lundi 18 novembre, sur les quatre heures. J'abuserai probablement de votre hospitalité jusqu'au samedi de la semaine suivante.

Je vous prie, Monsieur, de croire à la parfaite considération de votre ami

WILLIAM COLLINS.

— À quatre heures nous devons donc attendre ce beau personnage de pacificateur, dit Mr. Bennet en repliant la lettre.

— Il y a du bon dans ce qu'il dit au sujet des filles, et s'il veut leur offrir un dédommagement, ce ne sera pas moi qui l'en empêcherai.

— Ce doit être un curieux personnage, dit Elizabeth. Son style est tellement pompeux. Le croyez-vous un homme bien sensé, père ?

— Non, ma chère. Il y a dans sa lettre un mélange de bassesse et de suffisance qui promet beaucoup… J'ai hâte de le connaître !

Mr. Collins arriva à l'heure prévue et fut reçu par toute la famille avec beaucoup de politesse. Mr. Bennet, il est vrai, parla peu mais les dames étaient prêtes à causer et Mr. Collins ne semblait pas avoir envie qu'on l'encourage ni, non plus, de se taire… Il fit compliment à Mrs. Bennet sur la beauté des filles, une galanterie qui ne fut pas unanimement prisée, mais Mrs. Bennet, qui appréciait tous les compliments, fut flattée.

Du reste, ces demoiselles ne furent pas les seules que Mr. Collins admira exagérément : l'antichambre, la salle à manger, les meubles furent examinés et hautement loués. Le dîner aussi fut encensé, et il voulut savoir à laquelle de ses charmantes cousines on le devait. Mrs. Bennet répondit avec un peu d'humeur qu'elle pouvait se permettre une cuisinière, et Mr. Collins se confondit en excuses. Elle eut beau l'assurer qu'elle n'était pas offensée, il n'en continua pas moins à lui présenter mille excuses pendant un quart d'heure.

14

Pendant le dîner, Mr. Bennet dit à peine deux mots mais après, pensant qu'il était temps de causer avec son hôte, il choisit un sujet de conversation où il s'attendait à le voir à son aise en disant :

— Vous êtes bien heureux d'avoir une telle protectrice !

C'était bien visé. D'un ton majestueux, Mr. Collins assura n'avoir vu jamais une telle conduite chez une personne de si haut rang. Il recevait journellement des marques de l'approbation de Lady Catherine : elle avait daigné apprécier les sermons qu'il avait eu l'honneur de faire en sa présence, l'avait deux fois invité à dîner et, parfois, l'envoyait chercher pour faire le quatrième au whist.

— Bien des gens s'imaginent, continua-t-il, que Lady Catherine est fière mais je n'ai jamais trouvé que ce soit le cas. Elle me parle, comme à tout le monde, me permet de voir mes voisins, me laisse quelquefois m'absenter de ma cure. Elle a même daigné m'engager à me marier, en me recommandant, surtout, d'épouser une femme comme il faut. J'ai eu l'avantage de la recevoir dans mon humble demeure, et elle a bien voulu, elle-même, me conseiller de placer des étagères dans le placard du premier étage...

— Voilà qui est bien civil, dit Mrs. Bennet. Il serait souhaitable que toutes les grandes dames lui ressemblent. Mais ne m'avez-vous pas dit qu'elle était veuve ? A-t-elle des enfants ?

— Elle a une fille, héritière de Rosings et d'une immense fortune.

— Hélas ! s'écria Mrs. Bennet en hochant douloureusement la tête, bien des jeunes filles n'ont pas sa chance ! Est-elle belle ?

— Lady Catherine déclare elle-même que, pour la vraie beauté, Miss de Bourgh surpasse les plus belles personnes de son sexe. Cela tient, dit-elle, à sa physionomie qui révèle la distinction de sa naissance. Il est juste dommage que la faiblesse de sa constitution l'ait empêchée de pratiquer tous les arts où elle aurait excellé.

— A-t-elle été présentée à la cour ?

— Non. Sa mauvaise santé prive la cour de son plus bel ornement, comme je l'ai dit moi-même à Lady Catherine. Sa Seigneurie a paru goûter cette pensée.

— Vous avez le talent de flatter avec délicatesse, dit Mr. Bennet. Serais-je indiscret en vous demandant si ces jolies phrases vous viennent spontanément ou si elles sont le fruit d'une préparation ?

— En général, j'obéis à l'impulsion du moment, mais, je m'amuse parfois à faire d'avance une petite provision de ces phrases élégantes que j'utilise en fonction des circonstances.

Mr. Bennet était enchanté. Son cousin était bien tel qu'il l'avait espéré ; il l'écoutait avec le plus vif amusement, sans rien perdre de son sérieux cependant, et ne trahissait son plaisir que par un regard significatif qu'il adressait de temps en temps à Elizabeth.

À l'heure du thé, il ramena son hôte au salon et l'invita à faire une lecture à ces dames. Mr. Collins y consentit volontiers. Après un long examen des livres qu'on lui proposait au cours duquel il écarta tous les romans avec mépris, il choisit enfin un recueil de sermons. À peine eut-il ouvert le livre que Lydia bâillait déjà, et avant la troisième page, elle l'interrompit.

— Savez-vous, maman, dit-elle, qu'oncle Philips parle de renvoyer Richard ? Mais s'il le fait, le colonel Forster est décidé à l'engager. J'irai demain à Meryton, savoir ce qu'il en est. Et il faut aussi que je demande si le capitaine Denny est revenu de Londres.

Ses sœurs la firent taire, mais Mr. Collins ferma son livre et dit :

— J'ai souvent remarqué que les jeunes personnes manifestent peu de goût pour les ouvrages écrits pour leur bien. Cela m'étonne toujours car, pourtant, l'étude est la nourriture de l'âme ! Enfin, je ne veux pas importuner plus longtemps ma jeune cousine.

Alors, se tournant vers Mr. Bennet, il s'offrit comme partenaire pour une partie de jacquet. Celui-ci accepta en observant qu'il faisait bien de laisser ces demoiselles à leurs frivoles préoccupations.

Mrs. Bennet et ses filles lui demandèrent pardon de l'impolitesse de Lydia et lui promirent que cela ne se reproduirait pas s'il consentait à reprendre sa lecture. Mais Mr. Collins, après avoir assuré qu'il pardonnait de bon cœur à sa jeune cousine et qu'il ne considérerait jamais sa conduite comme un affront, s'assit à une table avec Mr. Bennet et se mit en devoir de jouer au jacquet.

15

Mr. Collins était né sans esprit et son indigence intellectuelle n'avait été que très peu améliorée par l'éducation et la bonne compagnie. Il avait passé la plus grande partie de sa vie sous la coupe d'un père inculte et avare, et bien qu'il ait fréquenté une université, il ne s'y était pas fait les relations qui auraient pu lui ouvrir l'esprit. La tyrannie paternelle lui avait donné des manières humbles et beaucoup de vanité. Il avait été recommandé à Lady Catherine de Bourgh pour la cure d'Hunsford, et le respect que lui inspirait cette dame, sa vénération pour elle, joints à l'idée favorable qu'il avait de son propre mérite en faisaient un curieux assemblage d'orgueil et de soumission, de prétention et de servilité.

Se voyant installé, il avait voulu se marier, et ce motif comptait beaucoup dans son désir de réconciliation avec la famille Bennet ; il comptait épouser une des demoiselles, si toutefois il les trouvait aussi belles, aussi aimables, aussi parfaites qu'on le disait.

Voilà quels étaient les dédommagements dont il parlait dans sa lettre. Il les trouvait suffisants et s'imaginait même faire preuve de désintéressement et d'une générosité rare.

Le joli visage de Miss Jane raviva son attachement au droit d'aînesse et, dès le premier soir, son choix fut fait. Le lendemain, toutefois, quand Mrs. Bennet lui confia que sa fille aînée pourrait bien ne pas être libre longtemps. Mr. Collins dut transporter son affection de Jane à Elizabeth, ce qui se fit pendant que Mrs. Bennet arrangeait le feu de la cheminée. Celle-ci comprit qu'elle pourrait bien avoir deux de ses filles mariées sous peu, et l'homme qu'elle haïssait naguère entra aussitôt en grâce.

Le projet de Lydia d'aller à Meryton n'était pas oublié. Toutes les sœurs, excepté Mary, voulurent l'accompagner, et Mr. Collins les escorta, à la prière de Mr. Bennet, qui trouva ce moyen de s'en débarrasser. Propos creux et pompeux de son côté, réponses polies des cousines formèrent toute la conversation en chemin mais à peine était-on entré en ville qu'un jeune homme à l'air distingué attira l'attention des dames qui le voyaient pour la première fois.

Il se promenait avec un officier qui n'était autre que ce Mr. Denny dont Lydia avait parlé la veille. Il les reconnut aussitôt et, s'approchant d'elles, demanda la permission de leur présenter son ami Mr. Wickham, arrivé récemment de Londres, et nouveau sous-lieutenant dans le même régiment.

Ce dernier détail fut apprécié car il manquait seulement des épaulettes au jeune homme pour être tout à fait charmant. Son apparence parlait en sa faveur : il avait fière allure, était grand, avec un beau visage et de la prestance. Après les présentations, il fit la causette avec aisance quoique sans effronterie.

La conversation fut interrompue par des pas de chevaux, et l'on vit arriver Darcy et Bingley qui, reconnaissant ces dames, mirent pied à terre. Bingley expliqua qu'ils étaient en chemin pour Longbourn afin d'y prendre des nouvelles de Miss Jane. Mr. Darcy approuvait ce qu'il disait quand ses yeux tombèrent sur l'étranger. Avec une vive surprise, Elizabeth nota l'effet de ce regard : l'un pâlit, l'autre rougit, Mr. Wickham fit un début de salut que l'autre dédaigna apercevoir. Qu'était-ce à dire ? Il était impossible de le deviner et plus impossible encore de ne pas désirer le savoir.

L'instant d'après, Mr. Bingley prit congé et s'éloigna avec son ami. Mr. Denny et Mr. Wickham accompagnèrent ces demoiselles jusqu'à la porte de leur tante et, là, tirèrent leur révérence.

Mrs. Philips manifesta vivement sa joie de voir ses nièces, les deux aînées surtout, qui étaient absentes depuis quelques jours. Elle fut interrompue par Jane qui lui présenta Mr. Collins. Elle se mit en frais de politesse pour le recevoir et il les lui rendit amplement, demandant mille pardons de s'être présenté sans la connaître. Cette profusion de civilités mit Mrs. Philips en extase mais son attention fut bientôt détournée par les questions de ses nièces sur l'étranger qui les quittait. Elle ne put leur en dire que ce qu'elles savaient déjà mais ajouta que plusieurs officiers devaient dîner chez elles le lendemain, et elle promit à ses nièces que, si elles voulaient venir passer la soirée, son mari inviterait aussi Mr. Wickham.

— J'arrangerai un joli loto et, après, un bon petit souper chaud !

La perspective de tels plaisirs mit tout le monde en joie et on se sépara en se disant : « À demain ! » Mr. Collins voulut renouveler ses excuses mais on l'assura qu'elles n'étaient pas nécessaires.

16

Mrs. Bennet approuva la soirée chez sa sœur et leva aisément les scrupules qu'avait Mr. Collins de quitter ses hôtes tout un soir. Aussi, le lendemain, dès après le dîner, lui et ses cinq cousines gagnèrent-ils Meryton en voiture. En arrivant, ces demoiselles eurent le plaisir d'apprendre que Mr. Wickham avait accepté l'invitation de leur oncle et qu'il était dans la maison.

Après cette heureuse nouvelle, on s'assit au salon et Mr. Collins eut le loisir d'admirer tout ce qui l'entourait. Frappé de la grandeur de l'appartement, de la beauté des meubles, il déclara qu'il se croyait dans la petite salle à manger d'été de Rosings, une affirmation qui, lorsqu'elle eut appris ce que c'était que Rosings, plongea Mrs. Philips dans le plus positif des ravissements.

Aux demoiselles, l'attente sembla bien longue mais enfin les messieurs revinrent au salon, et quand Mr. Wickham parut, Elizabeth pensa qu'elle ne l'avait encore que faiblement admiré. La façon dont il se mit à causer du mauvais temps, de la crainte d'avoir un hiver pluvieux, lui fit sentir qu'un homme aimable sait rendre intéressant le sujet le plus mince et le plus ordinaire.

Alors que débutait une partie de whist, Mr. Wickham, qui ne jouait pas, trouva Elizabeth disposée à l'écouter. Pourtant, alors qu'elle n'espérait pas l'entendre parler spontanément de ce qu'elle désirait le plus apprendre, à savoir l'histoire de ses relations avec Mr. Darcy, elle n'osa pas aborder le sujet. Heureusement pour elle, après avoir demandé quelle était la distance de Netherfield à Meryton, il s'enquit d'un air inquiet :

— Mr. Darcy y est-il depuis longtemps ?

— Depuis un mois à peu près… On dit qu'il possède de grands biens dans le Derbyshire.

— Oui, dit Wickham, sa propriété est extrêmement belle. Nul ne pourrait mieux en parler que moi car j'ai eu, dès l'enfance, les plus étroites liaisons avec cette famille.

Elizabeth ne put cacher son étonnement.

— Cela peut surprendre, après la froideur que vous avez notée dans notre rencontre d'hier. Êtes-vous très liée avec Mr. Darcy ?

— Largement autant que je le désire. Il ne me paraît pas aimable.

— Je n'ai pas le droit d'en juger, dit Wickham, je l'ai connu trop bien et trop longtemps pour être impartial. Mais je crois que votre opinion sur son compte surprendrait bien des gens.

— Pas ici. On ne l'aime pas dans la région. Sa fierté a blessé tout le monde ; personne ne vous en parlera favorablement.

Wickham hocha la tête et, quelques instants après :

— Je voudrais bien savoir s'il doit rester longtemps, dit-il.

— Il ne parle pas encore de s'en aller. J'espère que sa présence ne changera rien à vos projets ?

— Oh ! non ! Ce n'est pas à moi de fuir Mr. Darcy. Nous ne sommes pas en bons termes mais je ne crains pas de dire pourquoi je l'évite : c'est à cause d'un sentiment profond du mal qu'il m'a fait. Son père, feu Mr. Darcy, était le meilleur des hommes. Le fils s'est conduit ignoblement à mon égard mais je crois que je pourrais tout lui pardonner sauf d'avoir trahi la mémoire de son père.

Elizabeth trouvait ce sujet des plus intéressants mais il lui parut trop délicat pour qu'elle puisse se permettre une question. Aussi Mr. Wickham continua-t-il en parlant de Meryton, du voisinage, des habitants et se dit charmé de tout ce qu'il avait déjà vu.

— C'est la perspective d'avoir de la compagnie en permanence qui m'a décidé à rejoindre ce régiment, poursuivit-il. Elle m'est nécessaire, je l'avoue. J'ai tant été déçu que je redoute la solitude et les pensées qu'elle occasionne. Il me faut de l'occupation et de la société. Les circonstances seules me forcent à devenir militaire, voyez-vous. Je devais embrasser l'état ecclésiastique, j'avais étudié pour cela, et je serais maintenant en possession d'une belle cure si le monsieur dont nous parlions tout à l'heure l'avait voulu.

— Vraiment ?

— Oui. Feu Mr. Darcy voulait me léguer la meilleure dont il pouvait disposer. Il était mon parrain et m'aimait tendrement. Mais lorsque le bénéfice en question a été vacant, on l'a donné à un autre.

— Oh ! ciel ! s'écria Elizabeth, est-il possible ? N'avez-vous pas plaidé ? Son testament ne vous donnait-il pas des droits ?

— Un détail dans les termes de la donation m'a empêché de pouvoir réclamer. Un homme d'honneur, toutefois, n'aurait pas mis en doute les dernières volontés de son père mais Mr. Darcy les a considérées comme une simple recommandation. Selon lui, j'ai perdu mes droits, en raison de ma prodigalité, de mon imprudence, en bref rien et n'importe quoi. Je ne crois pas avoir mérité cette dépossession. J'ai peut-être eu trop de sincérité envers lui... Voilà, je pense, tout mon crime. Le fait est que, en un mot, il me déteste.

— C'est affreux ! Il mériterait qu'on lui fasse honte en public !

— Cela lui arrivera un jour ou un autre mais ce ne sera pas de mon fait. Pour le défier, il faudrait que j'oublie son père.

Ces sentiments délicats augmentèrent l'estime d'Elizabeth pour lui et accrurent le charme qu'elle lui trouvait déjà.

— Mais pourquoi se conduire aussi mal envers vous ?

— Ma foi, je ne peux attribuer sa haine qu'à la jalousie. L'intérêt que le père me témoignait l'a irrité contre moi. Il n'était pas d'un caractère à supporter les préférences qu'il m'accordait quelquefois.

— Je ne croyais pas Mr. Darcy d'une méchanceté aussi noire. Je ne l'ai jamais aimé, certes, mais j'étais loin de le juger avec la sévérité qu'il mérite. Je pensais qu'il méprisait les hommes en général sans l'imaginer capable d'autant d'injustice et d'inhumanité.

Après quelques instants de réflexion, elle ajouta :

— Je me rappelle qu'il s'est vanté un jour de ne jamais pardonner. Tout de même, traiter si mal le filleul, le protégé de son père ! Vous qui, sans doute, étiez le compagnon de son enfance.

— Nous sommes nés dans la même propriété et nos premières années se sont passées ensemble. Pour se rendre utile à feu Mr. Darcy, mon père a consacré son temps à la gestion de Pemberley. Mr. Darcy avait pour lui la plus haute estime et le regardait comme son ami. À sa mort, il s'est engagé à prendre soin de moi.

— Incroyable ! s'écria Elizabeth. L'honneur et la fierté, à eux seuls, auraient dû pousser le fils à se montrer juste envers vous !

— Je m'en étonne parfois, répondit Wickham, car l'orgueil est à la base de toutes ses actions. Il lui a toujours tenu lieu de vertus.

— Cet orgueil l'a-t-il parfois amené à faire du bien ?

— Oui, souvent ! Il le pousse à se montrer généreux et hospitalier, à assister ses fermiers, à secourir les pauvres. C'est un orgueil de famille, il est fier de ce qu'était son père. Il a aussi un orgueil fraternel qui fait de lui un tuteur attentif pour sa sœur. Vous entendrez parler de lui comme du meilleur des frères.

— Miss Darcy est-elle comme lui ?

— Je voudrais pouvoir dire qu'elle est aimable, mais elle ne lui ressemble que trop ! Étant enfant, elle était bonne et gentille, elle m'aimait beaucoup. Il ne m'en reste que le souvenir ; aujourd'hui, sa fierté est intolérable. Elle a quinze ou seize ans, et, outre qu'elle est très belle, on la dit fort instruite.

— Je m'étonne qu'il soit aussi étroitement lié avec Mr. Bingley, dit Elizabeth. Lui qui paraît être la bonté même !

— Mr. Darcy peut plaire quand il veut. Il ne se conduit pas envers ses égaux comme avec ceux que la fortune a moins favorisés.

Là-dessus, la partie de whist s'acheva et cette intéressante conversation dut s'interrompre. Mr. Collins avait perdu tous les points mais quand Mrs. Philips voulut lui témoigner des regrets, il l'interrompit en disant avec beaucoup de gravité :

— Madame, lorsqu'on joue, on risque de perdre ! Heureusement, je n'en suis pas à cinq shillings près, et ce, grâce aux bontés de Lady Catherine de Bourgh !

Ces mots attirèrent l'attention de Mr. Wickham. Il demanda tout bas à Elizabeth si son cousin connaissait bien la famille de Bourgh.

— Lady Catherine, répondit-elle, lui a donné un bénéfice, depuis peu. Très certainement, il n'y a pas longtemps qu'il la connaît.

— Vous savez sans doute qu'elle est la tante de Mr. Darcy.

— Non, je l'ignorais. Il y a deux jours, j'ignorais jusqu'à son existence.

— Sa fille sera très riche, et on la croit destinée à Mr. Darcy.

Ils continuèrent à causer ainsi avec une mutuelle satisfaction jusqu'au moment de passer à table. Les bruyants soupers de Mrs. Philips ne permettaient pas la conversation mais les manières de Mr. Wickham charmèrent tout le monde. Elizabeth s'en retourna, tout occupée de lui et, en chemin, ne put penser qu'à ce qu'il avait raconté. Elle n'en parla pas, cependant, car Mr. Collins, après le récit des attentions que Mr. et de Mrs. Philips avaient eues pour lui, passa en revue avec force détails tous les plats du souper, demanda à ses cousines mille pardons s'il les gênait, les assura qu'il ne pensait plus du tout à ses pertes au whist. Il entamait d'autres discours également intéressants quand la voiture s'arrêta enfin à Longbourn.

17

Le jour suivant, Elizabeth raconta à son aînée la conversation qu'elle avait eue avec Mr. Wickham. Jane l'écouta avec autant de chagrin que de surprise, ne pouvant croire Mr. Darcy si peu digne de l'amitié de Mr. Bingley. Mais comment douter de la sincérité d'un jeune homme aussi aimable que Mr. Wickham ?

— Il vaut mieux penser, dit-elle, qu'on les a trompés tous deux. Des personnes auront, par des médisances, cherché à les fâcher. Peut-être n'ont-ils aucun tort réel, ni l'un ni l'autre.

— Très vrai, ma chère ! Et maintenant, qu'as-tu à dire en faveur des personnes qui se sont mêlées de cette affaire ? Justifie-les aussi sinon nous serons obligées de penser du mal de quelqu'un.

Ici elles furent interrompues par l'arrivée de Mr. Bingley et de ses sœurs qui venaient les inviter au bal fixé au mardi suivant. Ces deux dames furent charmées d'embrasser leur chère amie, firent peu d'attention au reste de la famille, évitèrent avec soin Mrs. Bennet, parlèrent peu à Elizabeth. Leur visite fut courte : elles se levèrent avec une vivacité qui surprit leur frère, et se retirèrent à la hâte.

Rien ne pouvait être plus agréable aux dames Bennet que l'idée d'un bal à Netherfield. Mary elle-même promit à ses sœurs de les accompagner sans répugnance. Quant à Mr. Collins, Elizabeth eut la fantaisie de savoir s'il croyait pouvoir prendre part à la soirée sans faillir aux convenances. Elle apprit, non sans surprise, que, loin d'avoir aucun scrupule à cet égard, il ne craignait même pas, en se hasardant à danser, d'être repris par l'évêque ou par Lady Catherine.

— Je profite de l'occasion, ajouta-t-il en s'inclinant, pour solliciter votre main pour les deux premières contredanses.

Elizabeth fut déconcertée ; elle s'était proposé de les danser avec Wickham mais se vit obligée d'accepter l'invitation, ce qu'elle fit d'aussi bonne grâce qu'il lui fut possible.

Elle se trouva d'autant plus contrariée de cette galanterie qu'elle lui fit deviner qu'elle devait être l'heureuse élue parmi ses sœurs pour devenir la maîtresse du presbytère d'Hunsford. Bientôt cette idée devint une conviction, quand elle remarqua la peine qu'il se donnait pour lui dire des choses charmantes. Cela lui fit bien peu plaisir, surtout que sa mère tenta de lui faire entendre que ce projet lui était agréable. Elizabeth fit semblant de ne pas comprendre pour éviter ce qui aurait pu entraîner une dispute sérieuse.

« À quoi bon, se dit-elle seulement, me chagriner d'avance ? »

Elle décida de ne penser qu'au bal, à l'imitation de ses sœurs. Heureusement qu'elles eurent cette préoccupation qui leur fournit aussi ample matière à conversation ! Depuis le jour de l'invitation jusqu'à celui du bal, en effet, il plut sans cesse de sorte qu'elles ne purent pas sortir ni voir personne. La certitude de danser au bal leur permit toutefois de supporter ces quatre jours d'isolement.

18

Avant d'être entrée dans le grand salon, à Netherfield, et d'avoir cherché en vain Mr. Wickham parmi les grappes d'habits rouges qui s'y trouvaient, Elizabeth n'avait pas douté un seul instant qu'il y serait. Sa certitude de l'y rencontrer n'avait été entamée par aucune des questions qui, légitimement, aurait dû la faire douter de sa venue. Elle s'était habillée avec plus de soin qu'à l'ordinaire et s'était préparée à conquérir ce qui demeurait insoumis dans ce cœur, bien persuadée que ce serait l'affaire d'une seule soirée.

D'emblée, elle soupçonna que Mr. Bingley avait omis de l'inviter pour faire plaisir à son ami Darcy. Ce n'était pas le cas puisqu'elle entendit le lieutenant Denny dire à Lydia que Wickham avait dû se rendre à Londres pour affaires. Elle l'entendit aussi ajouter : « Je n'imagine pas que ses affaires l'auraient éloigné justement aujourd'hui s'il n'avait pas voulu éviter de rencontrer un certain monsieur ici. » Cela lui fit considérer que Darcy était aussi coupable de l'absence de Wickham qu'elle l'avait imaginé au début.

Elle fut si amèrement déçue qu'elle put à peine lui répondre poliment lorsqu'il s'approcha d'elle pour la saluer. Avoir de la complaisance pour Darcy aurait été faire offense à Wickham. Elle décida de ne pas lui parler et se tourna vers Bingley, avec un peu de mauvaise humeur car son aveuglement sur son ami la choquait.

Elizabeth, toutefois, n'était pas faite pour la bouderie. Bien qu'elle vît tous ses projets pour la soirée anéantis, après avoir raconté sa déception à Charlotte, elle entreprit de la faire rire en lui pointant les attitudes ridicules de son cousin. Les deux premières danses, toutefois, la ramenèrent à sa détresse, car elles furent une véritable mortification. Mr. Collins, maladroit et solennel, toujours à s'excuser au lieu de faire attention, bougeant à contretemps, lui fit honte autant que le peut un cavalier pitoyable. Le moment où il la libéra fut pour elle une minute d'extase.

Elle dansa ensuite avec un officier et apprit de lui avec plaisir que Mr. Wickham était universellement apprécié. Elle revenait causer avec Charlotte quand elle eut la surprise de se voir invitée à danser par Mr. Darcy lui-même. Spontanément, elle accepta et, aussitôt, s'en voulut. Pour la consoler, Charlotte lui dit :

— Je suis sûre que tu le trouveras très agréable !

— Ce serait bien le pire ! Trouver agréable un homme que je hais.

Elle prit sa place dans le rang des danseuses, tout étonnée d'être jugée digne de danser avec Mr. Darcy – une surprise qui se lisait également dans le regard de tous ceux et celles qui l'entouraient.

Ils dansèrent un moment en silence, bien décidée qu'elle était à ne pas lui adresser la parole jusqu'à la fin mais, à un moment, elle songea qu'il serait désagréable à son cavalier d'être obligé de parler et émit une banalité à laquelle il répondit par une autre banalité.

Suivit un autre moment de mutisme, puis elle dit :

— C'est à votre tour de dire quelque chose !

Il sourit et dit qu'il dirait tout ce qu'elle lui demanderait de dire.

— Cela suffit amplement pour le moment, répondit-elle.

Malgré cette invitation au silence, il demanda :

— Vous parlez par principe quand vous dansez ?

— Il me paraît bizarre de ne rien dire même si, pour certaines personnes, le mieux est d'en dire le moins possible.

— Parlez-vous pour vous ou pour moi ?

— Les deux. Car nous sommes l'un et l'autre taciturnes, peu enclins à parler sauf à prononcer quelque chose qui époustouflera toute l'assemblée et passera à la postérité.

— Voilà qui ne vous ressemble guère, dit-il. Et je ne suis pas sûr de me reconnaître, non plus. Mais je suis mauvais juge.

Ils se turent jusqu'à ce qu'ils parviennent à la fin de la rangée.

— Quand nous nous sommes rencontrés, à Meryton, dit-elle alors, nous venions de faire une nouvelle connaissance.

L'effet fut immédiat. Une impression de hauteur se répandit sur les traits de Mr. Darcy. Toutefois, il ne parla pas tout de suite.

— Les charmantes façons de Mr. Wickham, dit-il enfin, lui permettent de se faire de nouveaux amis partout où il passe. Qu'il les garde, voilà qui est moins certain.

— Il a été assez infortuné pour perdre votre amitié. Et d'une façon dont il risque bien de souffrir toute sa vie.

Darcy ne répondit pas et ne sembla pas désireux de le faire.

— Je me rappelle, ajouta-t-elle, vous avoir entendu affirmer que vous ne pardonniez jamais. Pourriez-vous condamner à la légère ?

— Jamais, dit-il avec gravité.

— Ou sur la base de simples préjugés ?

— J'espère que non. Mais pourquoi toutes ces questions.

— Pour mieux connaître votre caractère. J'essaie de le cerner.

— Et y parvenez-vous ?

— Fort mal ! J'entends sur vous tant d'opinions contradictoires !

Ils ne dirent rien de plus et, la danse terminée, se séparèrent en silence. Aussitôt, Miss Bingley vint l'aborder.

— On m'a dit, Miss Eliza, que vous étiez tombée sous le charme de George Wickham ! Je suppose qu'il a omis de vous dire qu'il est le fils de l'ancien régisseur des Darcy. Quant au mal que Mr. Darcy lui aurait fait, surtout n'en croyez pas un mot. Au contraire, c'est Mr. Wickham qui s'est très mal comporté. Je ne connais pas les dessous de l'affaire mais je sais que Mr. Darcy n'est pas à blâmer.

— À vos yeux, ses seules origines constituent une faute ! répondit Elizabeth. Mais, je vous l'assure, il m'a dit qui il était.

— À ce compte, pardonnez-moi d'être intervenue, dit Miss Bingley en s'en allant. Je pensais bien faire.

Ravalant sa colère, Elizabeth alla rejoindre Jane que Mr. Bingley venait de quitter pour la première fois de la soirée, le temps d'aller chercher des rafraîchissements. Elle avait promis, tout en dansant, de l'entreprendre sur le chapitre de Wickham.

— Je n'ai rien de bien satisfaisant à te rapporter, dit-elle. Mr. Bingley ne connaît pas toute l'histoire mais il est prêt à répondre de l'honnêteté et de la bonne foi de son ami. Il est convaincu que Mr. Darcy a mieux traité Wickham qu'il ne le méritait. À son avis, je suis désolée d'avoir à le répéter, ce dernier n'est pas un jeune homme respectable ; il a été très imprudent et c'est à juste titre que Mr. Darcy lui a ôté sa considération.

— Mr. Bingley ne connaît pas Wickham personnellement ?

— Non, il ne l'avait jamais vu auparavant.

— Tout ce qu'il en dit, par conséquent, il le tient de Mr. Darcy. Voilà qui me suffit ! Je ne doute pas de sa sincérité mais je ne suis pas convaincue. Il a bien défendu son ami mais avec la partialité qu'engendre l'affection. Je continuerai donc de penser de ces deux messieurs, Wickham et Darcy, ce que j'en pensais précédemment.

Le reste de la soirée fut beaucoup moins amusant pour elle. Mr. Collins s'obstina à se tenir sans cesse à son côté, et même s'il n'osa pas lui proposer de danser une autre fois, il empêcha qu'on l'invite. Elle eut beau tenter de le présenter à d'autres jeunes filles, il répondit qu'il ne se souciait pas de danser et ne la lâcha pas d'une semelle. Heureusement, cette bonne Charlotte se joignit souvent à eux et partagea les frais de la conversation.

Cette situation eut au moins un avantage, celui de lui épargner de nouvelles attentions de la part de Mr. Darcy. En effet, même s'il se tint souvent non loin d'elle et seul, il ne vint pas engager de nouveau la conversation. Elle y vit le résultat de ses allusions à Mr. Wickham et fut satisfaite d'elle-même.

Quand arriva le moment de partir, Mrs. Bennet dit à Mr. Bingley qu'elle serait heureuse de l'avoir à dîner un des prochains soirs sans la cérémonie d'une invitation formelle. Bingley répondit qu'il serait enchanté de venir aussitôt après son retour de Londres où il devait se rendre le lendemain pour quelques jours.

Mrs. Bennet en fut tout à fait satisfaite et se mit en route pour Longbourn absolument convaincue que, compte tenu du temps qu'il fallait pour tout préparer, elle verrait son aînée s'installer à Netherfield dans trois ou quatre mois. Elle était sûre, aussi, de marier une autre fille à Mr. Collins mais cela lui causait une satisfaction moindre. Elizabeth était celle de ses filles qu'elle aimait le moins, Et même si le prétendant était largement assez bien pour elle, il ne pouvait pas rivaliser avec le maître de Netherfield.

19

Le jour suivant éclaira une nouvelle scène à Longbourn. Mr. Collins présenta sa demande en mariage dans les formes. Pressé de la faire car sa permission de s'absenter courait jusqu'au samedi suivant seulement, il sollicita la permission de parler seul à seul avec Elizabeth aussitôt après le petit déjeuner.

Celle-ci tenta de s'esquiver mais sa mère insista pour qu'elle écoute ce que son cousin avait à lui dire. Elle finit par accepter en songeant que ce serait le meilleur moyen d'en finir au plus vite.

— Croyez, chère Elizabeth, commença Mr. Collins, que votre modestie, loin de vous desservir, ajoute à vos autres perfections et vous m'auriez semblé moins parfaite si vous n'aviez pas manifesté des réticences à m'entendre. En effet, vous pouvez difficilement ignorer à quoi tend mon discours, puisque depuis presque le premier jour, mes égards envers vous ont été parlants dans la mesure où je vous ai choisie pour être la future compagne de ma vie. Mais avant de me laisser égarer par la passion, il vaut mieux que je vous expose les raisons qui font que je désire me marier.

L'idée que Mr. Collins, si raide et si pompeux, pouvait se laisser emporter par la passion provoqua chez Elizabeth une réaction si proche de l'hilarité qu'elle ne put pas profiter de la courte pause qu'il s'accorda pour le faire taire. Il continua :

— Mes raisons pour me marier sont : un, je pense que c'est une bonne chose en toute circonstance pour un ecclésiastique tel que moi de donner l'exemple de l'union matrimoniale dans sa paroisse ; deux, je crois que cela augmentera beaucoup ma félicité ; trois – peut-être aurais-je dû mentionner cette raison plus tôt – c'est la recommandation que m'a faite la haute dame qui me patronne. Elle me l'a dit deux fois : « Il faut vous marier, Mr. Collins. Choisissez bien, prenez une brave femme qui me convienne et vous agrée. Trouvez-en une active et utile, sans trop d'instruction et capable de faire beaucoup et longtemps avec peu d'argent. » Voilà ce qu'elle m'a dit et je me permets de vous faire remarquer, chère cousine, que la protection de dame Catherine de Bourgh n'est pas le moindre des avantages qu'il est en mon pouvoir de vous offrir. J'imagine que votre intelligence et votre vivacité lui seront acceptables, surtout si elles sont tempérées par le silence inévitable qu'inspire son rang.

Voilà pour mes motivations. Il me reste à expliquer pourquoi mes regards se sont portés sur Longbourn plutôt que sur mon voisinage où, pourtant, les jolies femmes ne manquent pas. Dans la mesure où je dois hériter cette propriété une fois que votre père sera mort (lequel peut, toutefois, vivre encore de nombreuses années) j'ai résolu de prendre femme parmi ses filles en sorte de minimiser la perte autant que possible quand surviendra ce triste événement.

En voilà la raison, chère cousine ; j'espère qu'elle ne me perdra pas dans votre estime. Il ne me reste plus qu'à vous assurer de l'extrême violence de mon affection. Je suis indifférent à l'argent et n'en demanderai pas à votre père en sachant bien que mille livres placées à quatre pour cent sont tout ce que vous pouvez espérer à la mort de votre mère. Aussi serai-je toujours silencieux sur le chapitre de l'argent et ne vous ferai-je jamais aucun reproche à ce sujet quand nous serons mariés.

Il fallait absolument le faire taire.

— Vous êtes trop pressé, s'écria Elizabeth. Vous oubliez que je n'ai pas donné de réponse ! Laissez-moi vous dire sans perdre plus de temps qu'il m'est impossible de ne pas refuser votre demande.

— Je sais fort bien, dit-il avec un geste de la main, que, par pudeur, les jeunes filles répondent toujours par la négative à ce genre de proposition alors qu'elles les acceptent secrètement.

— Je vous assure que vous vous trompez. Mon refus est tout à fait sérieux. Vous ne me rendriez pas heureuse, et moi non plus. Du reste, si votre amie, dame Catherine de Bourgh, me connaissait, je suis certaine qu'elle ne me jugerait pas appropriée à la situation.

— Vous êtes parfaitement charmante, dit-il avec une galanterie parfaitement déplacée, et je suis persuadé qu'une fois que ma demande sera sanctionnée par l'approbation de vos deux parents, elle ne manquera pas de vous paraître acceptable.

Devant tant d'obstination dans l'aveuglement, Elizabeth ne trouva aucune réponse à faire et, sans un mot de plus, sortit de la pièce. Ce qui le conforta dans son opinion qu'il avait affaire à une manifestation élégante de la pudeur et de la coquetterie féminines.

20

Mr. Collins ne fut pas laissé seul longtemps à contempler en silence les résultats de ses succès amoureux. En effet, Mrs. Bennet qui traînait dans le vestibule pour guetter la fin de l'entrevue, dès qu'elle entendit Elizabeth ouvrir la porte et, d'un pas rapide, se diriger vers l'escalier, entra dans la salle à manger. Elle le félicita chaleureusement de l'heureuse perspective qu'ils avaient de bientôt devenir proches parents. Mr. Collins reçut et rendit ces congratulations avec un plaisir équivalent au sien, puis entreprit de raconter les détails de l'entretien. Il avait toutes raisons d'être satisfait de son issue, dit-il, puisque le refus que lui avait fermement opposé sa cousine était dû à sa timide modestie et à la véritable délicatesse de son caractère.

Cette nouvelle, toutefois, stupéfia Mrs. Bennet. Elle aurait été contente de pouvoir penser, elle aussi, que sa fille avait eu l'intention de l'encourager en refusant sa demande mais elle n'osa pas le croire et ne put s'empêcher de le dire.

— Mais fiez-vous-y, Mr. Collins, ajouta-t-elle, on fera entendre raison à Lizzy. J'en parlerai directement avec elle. C'est une forte tête et une écervelée qui ne sait pas où est son propre intérêt mais je le lui apprendrai.

— Pardonnez-moi de vous interrompre, madame, s'écria Mr. Collins, mais si c'est une forte tête et une écervelée, je ne crois pas qu'elle serait idéale pour un homme dans ma situation qui cherche le bonheur dans l'état de mariage. Si donc elle persiste à refuser ma proposition, je pense qu'il ne faudra pas la forcer car si elle a de tels défauts de caractère, elle ne contribuera pas beaucoup à ma félicité.

— Monsieur, vous m'avez mal comprise, dit Mrs. Bennet, inquiète. Lizzy n'est têtue que sur les sujets de ce genre. Autrement, elle a le meilleur naturel qui ait jamais existé chez une fille. Je vais aller trouver Mr. Bennet de ce pas et tout sera bientôt réglé, j'en suis sûre.

Sans lui laisser le temps de répondre, elle se précipita chez son mari et cria en entrant dans sa bibliothèque :

— Mr. Bennet, on a besoin de vous ! Nous sommes en pleine confusion ! Vous devez venir faire épouser Mr. Collins à Lizzy car elle jure qu'elle ne l'épousera pas, et si vous ne vous pressez pas un peu, il changera d'avis et ne voudra plus d'elle !

Mr. Bennet leva les yeux de son livre et la regarda fixement avec une calme absence d'intérêt que cette annonce n'altéra nullement.

— Je n'ai pas le plaisir de vous comprendre, dit-il quand elle eut fini son discours. De quoi parlez-vous ?

— De Mr. Collins et de Lizzy. Elle prétend qu'elle n'épousera pas Mr. Collins et lui commence à dire qu'il ne l'épousera pas, elle.

— Et que suis-je censé faire ? L'affaire me semble sans espoir.

— Parlez-en en personne à Lizzy. Dites-lui que vous insistez pour qu'elle se marie avec Mr. Collins.

— Demandons-lui de descendre. Qu'elle entende mon avis.

Mrs. Bennet sonna pour appeler sa fille dans la bibliothèque.

— Viens ici, mon enfant, s'exclama son père quand celle-ci parut. Je t'ai fait chercher pour une affaire d'importance. Je crois comprendre que Mr. Collins t'a demandée en mariage. Est-ce vrai ?

Elizabeth répondit que c'était bien le cas.

— Très bien. Et tu as refusé cette demande ?

— Oui, monsieur.

— Fort bien. Venons-en au fait. Ta mère insiste pour que tu acceptes de te marier avec lui, n'est-ce pas Mrs. Bennet ?

— Oui, sinon je ne veux plus jamais la revoir !

— Une douloureuse alternative s'offre à toi, Elizabeth. À partir d'aujourd'hui, tu vas devenir une étrangère pour l'un de tes parents. Ta mère ne voudra plus jamais te voir si tu n'épouses pas Mr. Collins et moi, je ne te verrai plus si tu l'épouses.

Elizabeth ne put s'empêcher de sourire en entendant une telle conclusion suivre un pareil début mais Mrs. Bennet, qui pensait que son mari considérait l'affaire avec les mêmes yeux qu'elle, fut excessivement déçue.

— Que voulez-vous dire, Mr. Bennet, en parlant ainsi ? Vous m'avez promis d'insister pour qu'elle l'épouse.

— Ma chère, répondit le mari, j'ai deux faveurs à vous demander. Que vous me laissiez user librement d'abord de mon intelligence, dans la situation présente. Et ensuite, de ma bibliothèque.

Toutefois, malgré la déception causée par son mari, Mrs. Bennet ne céda pas tout de suite. Elle parla à Elizabeth encore et encore, la suppliant et la menaçant alternativement. Elle tenta de rallier Jane à sa cause, laquelle, très gentiment, refusa de s'en mêler. Tantôt avec sérieux et tantôt avec une gaieté amusée, Elizabeth résista à toutes ces attaques. Elle varia dans ses façons, pas dans sa détermination.

Dans l'intervalle, Mr. Collins méditait dans la solitude sur ce qu'il s'était passé. Il avait trop bonne opinion de lui-même pour comprendre pour quelles raisons sa cousine l'avait refusé. Et si sa vanité était blessée, il ne souffrait que de cela. Son affection pour elle était imaginaire, et la possibilité que le jugement de la mère sur le caractère de la fille soit vrai l'empêcha d'éprouver des regrets.

Alors que les Bennet nageaient dans cette confusion, Charlotte Lucas vint passer la journée avec eux. Elle fut accueillie dans le vestibule par Lydia qui vint en courant à sa rencontre et cria :

— Je suis contente que tu sois venue ! On s'amuse tellement ici. Que penses-tu qu'il est arrivé ce matin ? Mr. Collins a demandé Lizzy en mariage et elle ne veut pas de lui !

Charlotte eut à peine le temps de répondre avant que Kitty ne les rejoigne pour lui annoncer la même nouvelle. Et à peine étaient-elles entrées dans la salle à manger que Mrs. Bennet, qu'elles y trouvèrent seule, embraya sur le même sujet, en invitant Charlotte à la plaindre et en lui demandant de convaincre son amie Lizzy de se conformer aux vœux de toute la famille.

— Faites-le, je vous en prie, ma chère Miss Lucas, dit-elle sur un ton mélancolique, car personne ne me soutient. Je suis cruellement traitée et personne ne se soucie de mes pauvres nerfs.

L'arrivée de Jane et d'Elizabeth épargna une réponse à Charlotte.

— La voici qui arrive, dit Mrs. Bennet, l'air aussi peu concernée que possible et sans plus se soucier de nous que si nous étions à York du moment qu'elle en fait à sa tête. Mais je te le dis, Miss Lizzy, si tu te mets en tête de refuser toutes les propositions de mariage de cette façon, tu ne trouveras jamais un mari – et je ne sais pas qui pourvoira à tes besoins quand ton père sera mort. C'est fini entre nous à partir d'aujourd'hui. Je t'ai dit dans la bibliothèque que je ne te parlerai plus, tu sais. Je n'aurais aucun plaisir à parler avec une fille qui oublie ses devoirs. Non pas que j'aie du plaisir à parler avec qui que ce soit. Les gens qui, comme moi, souffrent des nerfs ne peuvent pas beaucoup aimer parler. Personne n'imagine combien je souffre. Mais c'est toujours pareil. Ceux qui ne se plaignent pas, on n'en a jamais pitié !

Ses filles écoutèrent ces effusions en silence, conscientes que toute tentative pour la raisonner ou la calmer pourrait seulement augmenter son irritation. Elle parla donc, sans qu'aucune ne l'interrompe, jusqu'à ce que Mr. Collins les rejoigne en entrant dans la pièce avec un air encore plus majestueux que d'habitude.

Quand elle l'aperçut, elle dit aux filles :

— À présent, j'insiste pour que vous vous taisiez, toutes, et que vous nous laissiez avoir une petite conversation, Mr. Collins et moi.

Elizabeth sortit tranquillement de la pièce, Jane et Kitty la suivirent mais Lydia se cramponna à sa place, bien décidée à entendre tout ce qu'elle pourrait. Quant à Charlotte, d'abord retenue par la civilité de Mr. Collins qui lui fit des questions très précises sur elle et sur sa famille puis par un peu de curiosité, elle se contenta d'aller à la fenêtre et de faire semblant de ne pas entendre. D'une voix dolente, Mrs. Bennet commença la conversation :

— Oh ! Mr. Collins !

— Ma chère madame, répliqua-t-il, soyons à jamais silencieux sur ce sujet. Loin de moi, continua-t-il d'une voix qui trahissait son mécontentement, d'en vouloir à votre fille de son attitude. La résignation face aux maux inévitables est notre pénible devoir à tous, le devoir tout particulier d'un jeune homme qui a eu la chance comme moi de connaître une vocation précoce. Je me suis résigné. Et ce, d'autant plus aisément, peut-être, qu'un doute m'est venu sur mon bonheur si ma belle cousine m'avait fait l'honneur de m'accorder sa main. J'ai souvent remarqué que la résignation n'est jamais aussi parfaite que quand l'avantage qui nous est refusé commence à perdre un peu de sa valeur à nos yeux. Vous ne considérerez pas, je l'espère, ma chère madame, que je montre de l'irrespect pour votre famille en retirant ma proposition avant de vous avoir demandé, à vous et à Mr. Bennet, de faire usage de votre autorité en ma faveur. On peut objecter à ma conduite, je le crains, d'avoir accepté le refus des lèvres de votre fille plutôt que des vôtres. Mais nous sommes tous capables d'erreur. Je n'ai eu que de bonnes intentions dans cette affaire. Mon objectif était de m'attacher une aimable compagnie, en considérant qu'il s'agissait d'un avantage pour toute votre famille, et si ma façon de m'y prendre a été si peu que ce soit répréhensible, je vous demande, ici même, de me le pardonner.

21

La dispute causée par la proposition de Mr. Collins étant à peu près terminée, Elizabeth n'eut plus à souffrir que d'une gêne quand elle se trouva en présence de ce dernier et de quelques piques maussades de sa mère. Du reste, il manifesta son ressentiment en adressant la parole à la seule Charlotte, qui eut la bonté de l'écouter.

Le lendemain, après le petit déjeuner, ces jeunes filles allèrent à Meryton pour voir si Wickham était de retour. Il les rejoignit dès leur arrivée en ville et les accompagna jusque chez leur tante. Quand elle lui fit part de son regret qu'il n'ait pas paru au bal, il répondit sans hésiter à Elizabeth que son absence était due à son désir de ne pas y rencontrer Mr. Darcy.

— Me trouver sous le même toit que lui de longues heures durant m'aurait été désagréable, expliqua-t-il.

Elle l'approuva, et ils eurent l'occasion d'en parler longuement, ainsi que de divers autres sujets, car Mr. Wickham et un autre officier raccompagnèrent ces demoiselles jusqu'à Longbourn. Cela présenta un double avantage : tout le long du chemin, il eut l'occasion de se montrer particulièrement attentionné envers Elizabeth et elle put le présenter à son père et à sa mère.

Peu après, une lettre arriva pour Jane. Elle venait de Netherfield. Elizabeth vit sa sœur changer de couleur en la lisant.

— Elle est de Caroline Bingley, dit Jane quand elle l'eut finie. Tout le monde a quitté le domaine avec l'intention de ne jamais y revenir. Ils sont tous en route pour Londres à cette heure.

Elle avait beaucoup de mal à retenir ses larmes.

Elizabeth lui prit la lettre des mains et la parcourut à son tour.

— Miss Bingley t'écrit qu'elle ne reviendra pas, elle, dit-elle. Mais je ne vois pas ce qui empêcherait son frère de le faire sans elle ! Il est son propre maître, après tout !

— Seulement, répondit Jane, il n'est nulle part question des sentiments de Charles pour moi. Au contraire, elle laisse entendre que, à Londres, il sera souvent en compagnie de la sœur de Darcy, qu'elle est délicieuse et que tout le monde verrait d'un bon œil…

— Miss Bingley sait que son frère est amoureux de toi et veut le marier à Miss Darcy. Elle l'a suivi en ville dans le dessein de l'y retenir et elle essaie de te convaincre qu'il n'éprouve rien pour toi.

Jane secoua la tête.

— Jane, il faut que tu me croies. Quiconque vous a vus, Mr. Bingley et toi, ne peut douter de son affection à ton égard.

— Simplement, répliqua Jane, je n'imagine pas Caroline capable de faire une chose pareille. Elle ! si bonne ! Elle se trompe sûrement !

— Parfait ! Tu l'as disculpée. À présent tout va bien !

— Et puis, ma chère Lizzy, pourrais-je être heureuse si j'épouse un homme que toute sa famille voudrait voir marié à une autre ?

— À toi de le décider. Si tu estimes, après mûre réflexion, que décevoir ses deux sœurs t'importe plus que d'être heureuse en étant sa femme, alors je te conseille de ne pas épouser Mr. Bingley.

— Voyons, dit Jane avec un sourire, je serais désolée de leur désapprobation mais je n'hésiterais pas. Seulement s'il ne revient pas à Netherfield, ma décision sera facile à prendre.

Elizabeth se contenta de hausser les épaules. Il était impossible que ses sœurs influencent le jeune homme à ce point. Elle le dit à Jane, et parvint à faire revenir un semblant de sourire sur son beau visage. Sur quoi, elles se mirent d'accord pour annoncer seulement le départ des hôtes de Netherfield au reste de la famille.

Mrs. Bennet se désola du départ des dames avec qui Jane était en train de devenir tellement amie et se consola en pensant que Mr. Bingley serait bientôt de retour et qu'il viendrait, comme il l'avait promis, dîner en famille. Ce jour-là, c'était sûr, elle ne manquerait pas de mettre les petits plats dans les grands.

22

Tout le jour, Charlotte fut assez gentille pour écouter Mr. Collins au point qu'Elizabeth ne manqua pas de la remercier.

— Ça le garde de bonne humeur, l'assura-t-elle.

Charlotte se dit ravie de pouvoir lui rendre ce service. En réalité, elle visait au-delà de la simple gentillesse puisqu'elle voulait épargner à son amie un retour de flamme de Mr. Collins en prenant sa place. Quand elle le quitta, tard dans la soirée, elle aurait été presque certaine d'y parvenir si Mr. Collins n'avait pas dû s'en aller le surlendemain. Mais, en s'inquiétant, elle avait sous-estimé la fougue de son caractère puisque dès le lendemain matin, avant que les Bennet aient pu le voir quitter Longbourn, il courut déclarer sa flamme à la nouvelle élue de son cœur.

Quand elle le vit arriver depuis la fenêtre de sa chambre, Charlotte descendit à sa rencontre et fit en sorte de le rencontrer par hasard dans la grande allée du jardin.

En aussi peu de temps que le permirent les discours interminables de Mr. Collins, tout fut réglé à la satisfaction de l'un et l'autre : quand ils entrèrent dans la maison, il lui demandait de choisir le jour qui ferait de lui l'homme le plus heureux du monde.

Sir Williams et Lady Lucas furent promptement sollicités et donnèrent leur consentement tout aussi vite. Mr. Collins et ses belles perspectives d'héritage étaient en effet un parti presque inespéré pour une fille aînée qu'ils ne pouvaient pratiquement pas doter et qu'ils craignaient de voir finir vieille fille.

Dans l'ensemble, Charlotte était plutôt satisfaite, elle aussi. Mr. Collins était certes épouvantable, et sa compagnie insupportable, mais il serait néanmoins un mari. Lui restait à affronter la réaction d'Elizabeth à qui la liait une amitié réelle. Elle allait probablement la blâmer, et sa réaction, si elle ne la ferait pas changer d'avis, la peinerait. Elle résolut de lui annoncer la nouvelle personnellement et demanda donc au nouveau fiancé de garder le secret.

De son côté, comme il devait se mettre en chemin très tôt le lendemain, Mr. Collins fit ses adieux à ses hôtes avant que les dames n'aillent se coucher. Mrs. Bennet l'assura avec beaucoup de politesse qu'elle serait ravie de le revoir à Longbourn. Il répondit que cette invitation lui était très agréable parce qu'il l'espérait.

— Comptez, bien chère madame, me revoir aussitôt que possible.

— Ne risqueriez-vous pas, ce faisant, d'être désapprouvé par Lady Catherine, intervint Mr. Bennet avec un sérieux parfait. À mon avis, mieux vaut perdre ses amis que de lui faire offense !

— Cher monsieur, je vous suis reconnaissant de votre conseil. Vous pouvez vous fier à moi pour ne rien faire de tel car je compte qu'elle approuvera ce second voyage autant que le premier. Sur quoi, permettez-moi de vous souhaiter à toutes, sans excepter Miss Elizabeth, une excellente santé et beaucoup de bonheur.

Là-dessus, les dames se retirèrent, un peu surprises de ce projet de revenir bientôt dont elles ne purent pas percer la raison.

Le lendemain, juste après le petit déjeuner, Charlotte Lucas vint parler en privé des événements de la veille à Elizabeth. Celle-ci avait envisagé la possibilité qu'il ait commencé à faire la cour à son amie. Mais qu'elle ait accepté de l'épouser la fit s'exclamer :

— Fiancée à Mr. Collins ! Ma chère Charlotte, c'est impossible !

— Je conçois que tu puisses être surprise. Mais quand tu y auras mieux réfléchi, tu comprendras mon point de vue. Je ne suis pas romantique, vois-tu. Tout ce que je souhaite, c'est un foyer confortable. Considérant ce qu'est Mr. Collins, sa situation et ses relations, il me semble qu'il est capable de me l'offrir. J'estime que mes chances d'être heureuse avec lui sont égales à celles que quiconque est en droit d'espérer en se mariant.

Elizabeth répondit : « Sans doute » et, après un silence malaisé, Charlotte rentra chez elle. Elizabeth demeura longtemps à réfléchir à ce qu'elle venait d'apprendre. Il lui fallut un bon moment pour admettre l'idée d'une union aussi étrange. Ce n'était pas tant le fait que Mr. Collins ait fait deux demandes en mariage en trois jours qui la choquait, mais que son amie en ait accepté une. Elle avait toujours su que son opinion sur le mariage différait de la sienne. Mais l'imaginer en femme de Mr. Collins avait quelque chose d'humiliant. Son estime pour Charlotte faiblit, et elle décréta qu'il lui serait impossible d'être heureuse après avoir failli de la sorte.

23

Elizabeth était assise au salon avec ses sœurs et sa mère à se demander si elle devait révéler ce que lui avait confié Charlotte quand Sir William parut, envoyé par sa fille, pour annoncer officiellement la nouvelle. Il provoqua une incrédulité quasi générale. Mrs. Bennet répliqua poliment qu'il devait faire erreur et Lydia, qui ne s'embarrassait pas toujours de politesse, s'écria :

— Bonté divine, Sir William, que nous racontez-vous là ? Vous savez bien que Mr. Collins veut épouser Lizzy.

Le voyant considérablement confus, Elizabeth sentit qu'elle devait lui venir en aide et révéla qu'elle avait appris toute l'affaire de la bouche même de Charlotte.

Mrs. Bennet fut trop tourneboulée par la nouvelle pour pouvoir dire grand-chose sur le moment. Puis, dans un premier temps, elle persista à ne pas y croire. Dans un deuxième, elle assura que Mr. Collins s'était fait embobiner. Elle affirma troisièmement que Charlotte et lui ne seraient jamais heureux ensemble et, dans un quatrième temps, que les fiançailles seraient vite rompues. Elle finit par conclure que tout était de la faute d'Elizabeth et qu'on l'avait horriblement mal traitée, elle. Une semaine s'écoula avant qu'elle puisse voir Elizabeth sans la disputer et il fallut un mois entier pour qu'elle reparle à Sir William et Lady Lucas sans se montrer déplaisante.

La réaction de Mr. Bennet fut plus mesurée. Il se contenta de dire qu'il avait accordé un peu de bon sens à Charlotte jusqu'alors mais qu'il venait de découvrir qu'elle était aussi déraisonnable que son épouse et plus que sa fille.

Jane s'avoua surprise du mariage mais elle n'en parla que pour former des vœux pour les fiancés, et Elizabeth ne put pas lui faire admettre qu'il y avait peu de chance pour qu'il soit question de bonheur dans cette union.

Quant à Kitty et Lydia, elles n'envièrent pas du tout Miss Lucas car elle épousait seulement un pasteur.

Les relations s'étant nettement refroidies entre Charlotte et elle, Elizabeth reporta ses attentions sur sa sœur aînée qui en avait bien besoin. Mr. Bingley était parti depuis une semaine et il n'était toujours pas question de son retour. On commençait à dire à Meryton qu'il ne reviendrait pas de tout l'hiver en sorte qu'Elizabeth se mit à craindre, non pas que Jane lui soit devenue indifférente, mais que ses sœurs parviennent à le tenir éloigné d'elle. Les efforts réunis de deux dames hostiles et d'un ami persuasif joints aux charmes de Miss Darcy et aux plaisirs qu'offre Londres ne seraient-ils pas trop forts face à son attachement ?

Jane, bien sûr, était plus affectée que sa sœur mais elle mit un point d'honneur à cacher son désarroi si bien qu'Elizabeth, pour ne pas la peiner plus, évita d'aborder le sujet avec elle. Mrs. Bennet fut moins discrète et ne passa pas une heure sans parler de Mr. Bingley et s'impatienter de son retour. Il fallut à Jane une force de caractère peu commune pour demeurer calme face à toutes ces attaques.

Mr. Collins fut ponctuel. Il revint juste quinze jours plus tard. L'accueil qu'il reçut à Longbourn ne fut guère aimable mais il ne s'en soucia pas car il passa tout son temps chez les Lucas et, souvent, ne rentra, en s'excusant de son absence, qu'au moment où tout le monde partait au lit.

Mrs. Bennet était dans un état particulièrement pitoyable. La moindre allusion au mariage la mettait à l'agonie mais, n'importe où qu'elle aille, elle en entendait parler. Charlotte lui devint odieuse, surtout à cause de l'idée qu'un jour elle habiterait Longbourn.

— Vraiment, Mr. Bennet, se plaignit-elle à son mari, il est trop dur de penser que Charlotte deviendra la maîtresse de cette maison et qu'il me faudra lui céder la place avec les filles !

— Ma chère, n'ayez donc pas des idées aussi noires ! répondit-il. Pensez plutôt que, peut-être, je vous survivrai.

Cela ne la consola guère. Elle se mit à récriminer de plus belle et à répéter qu'elle ne comprenait pas qu'on puisse substituer un héritage à des étrangers alors qu'on avait soi-même des filles.

Sans rien répondre, Mr. Bennet la poussa doucement hors de la bibliothèque.

24

Une lettre de Miss Bingley arriva qui leva les doutes. Dès la première phrase, elle précisait que les arrangements étaient pris pour passer l'hiver à Londres. Tout espoir était perdu. Le reste de la missive ne contenait rien qui pût réconforter Jane. Elle consistait, pour l'essentiel, en un éloge de Miss Darcy et exprimait l'espoir que se réaliseraient les projets décrits dans une lettre précédente.

Elizabeth, à qui Jane la lut, écouta en silence, partagée qu'elle était entre sa peine pour sa sœur et son indignation envers tous les autres. À l'inclination de Bingley pour Miss Darcy, elle ne croyait pas. Elle était sûre qu'il aimait Jane mais méprisait sa faiblesse de caractère qui en faisait le jouet de son entourage. S'il s'était agi de son seul bonheur, libre à lui d'en disposer ! Mais celui de Jane aussi était en jeu, cela il ne pouvait pas l'ignorer.

Deux ou trois jours se passèrent avant que Jane n'aborde à nouveau le sujet avec sa sœur. Elle l'assura juste qu'elle allait oublier Bingley et que tout redeviendrait comme avant.

— Tu ne me crois pas ? dit-elle. Il restera dans mon souvenir comme le plus aimable jeune homme que j'aie connu, voilà tout. Je n'ai rien à lui reprocher. J'ai la consolation de savoir que je me suis aveuglée sur ses sentiments et que cela n'a fait de mal qu'à moi.

— Ma chère Jane, tu es trop bonne et ne veux voir que le bien. Pourtant, le monde me satisfait de moins en moins. Ne dis pas non ! Charlotte et Mr. Bingley démontrent le peu de confiance qu'on peut accorder à ceux qu'on jugeait pourtant favorablement.

— Lizzy, ne parle pas ainsi ! De telles pensées finiront par te rendre malheureuse. Charlotte avait ses raisons, honorables, d'épouser notre cousin. Son désir, par exemple, de ne pas rester à charge pour sa famille en empêchant ses sœurs de se faire une place dans le monde. Quant à Mr. Bingley, je suppose que j'ai pris ce qui était seulement de l'admiration pour un autre sentiment. Je me suis fait des illusions et ce n'est pas lui qui est à blâmer mais moi !

— Sans vouloir mal agir, on peut faire souffrir les autres. Il suffit de ne pas se soucier de leurs sentiments ou de manquer de volonté !

— Tu penses toujours que ses sœurs tentent de l'influencer ? Pourtant, si elles croyaient qu'il m'aime, elles n'essayeraient pas de la détacher de moi et, du reste, s'il m'aimait, elles n'y réussiraient pas. Mais pour croire qu'il m'aime, il faudrait imaginer que tout le monde se comporte mal. En le pensant, tu me rends malheureuse.

Elizabeth ne put rien répondre à cela. Heureusement, la compagnie de Mr. Wickham aida beaucoup à dissiper la tristesse que les derniers événements avaient fait tomber sur la famille. Ces demoiselles le virent souvent. Ce qu'Elizabeth avait entendu de ses démêlés avec Mr. Darcy était devenu public et chacun était satisfait d'avoir détesté ce dernier avant même que cette affaire soit connue. Il fut unanimement considéré comme le pire des hommes.

25

Le lundi suivant, Mrs. Bennet eut le plaisir de recevoir son frère de Londres qui, comme tous les ans, vint passer Noël à Longbourn avec son épouse. Mr. Gardiner était un homme sensé et distingué, de très loin supérieur à sa sœur par les manières et l'éducation. Son épouse, nettement plus jeune, était une femme aimable, intelligente et élégante, très aimée de toutes ses nièces et plus particulièrement des deux aînées qui avaient souvent séjourné chez elle, à Londres.

Sitôt arrivée, elle distribua les cadeaux qu'elle avait apportés et décrivit les derniers détails de la mode à la capitale. Puis elle dut se taire et entendre les plaintes de Mrs. Bennet. On les avait terriblement mal traités depuis la dernière fois qu'elles s'étaient vues, expliqua-t-elle pour commencer. Après quoi elle raconta dans le détail comment Jane aurait pu épouser Mr. Bingley et comment Elizabeth avait refusé Mr. Collins, de telle sorte que Lady Lucas avait une fille mariée et elle-même, aucune.

Mrs. Gardiner connaissait l'essentiel de ces nouvelles par sa correspondance avec Jane et Elizabeth ; elle répondit brièvement avant de détourner la conversation. Quand elle fut seule avec Elizabeth, elle dit :

— Les jeunes gens du genre de Mr. Bingley s'amourachent facilement d'une jolie fille mais quand un hasard les en sépare, ils les oublient tout aussi facilement.

— Voilà une excellente consolation, répliqua Elizabeth, mais qui ne suffira pas. Nous ne souffrons pas d'un « accident ». Il est rare que des amis persuadent un jeune homme de ne plus penser à une jeune fille dont il était violemment épris un peu plus tôt.

— Cette expression « violemment épris » est fort galvaudée, dit la tante. À quel point l'amour de Mr. Bingley était-il violent ?

— Il débordait, littéralement. Chaque fois qu'ils se voyaient, il paraissait plus fort. Au bal, par exemple, il a fâché toutes les autres jeunes filles en ne dansant qu'avec Jane. Et il m'est souvent arrivé de lui adresser la parole sans qu'il me réponde. Une impolitesse généralisée n'est-elle pas la véritable essence de l'amour ?

— Oui, de celui que je mentionnais. Pauvre Jane. Elle n'est pas du genre à se remettre vite ! Il aurait mieux valu que ça t'arrive à toi, Lizzy. Tu en aurais bientôt ri. Penses-tu que ce serait une bonne chose si nous l'emmenions ? Changer de décor lui ferait du bien.

Elizabeth fut enchantée de cette proposition.

— Je pense qu'elle ne refusera pas à cause du jeune homme, dit la tante. Nous vivons à part et sortons tellement peu qu'elle ne risque pas de le rencontrer. Sauf s'il venait nous rendre visite.

— Ce qui est impossible vu qu'il est sous la garde de Mr. Darcy lequel ne souffrirait jamais de le laisser aller à Gracechurch Street. À ses yeux, un mois d'ablutions ne suffirait pas pour laver toutes les impuretés qu'il y aurait récoltées ! Croyez-le, il ne viendra pas !

— Tant mieux ! Mais Jane correspond avec sa sœur ? Elle ne pourra pas s'empêcher de venir.

— Non ! Elle coupera court à toute relation.

Jane accepta l'invitation de sa tante avec plaisir sans songer autrement aux Bingley qu'en envisageant la possibilité de passer voir Caroline une fois ou l'autre. Il n'y avait pas de risque de croiser son frère puisqu'ils n'habitaient pas la même maison.

Les Gardiner restèrent une semaine à Longbourn et, entre les Lucas, les Philips et les officiers, il n'y eut pas une seule soirée sans invitation. Quand on reçut à la maison, les officiers y furent, y compris Mr. Wickham, bien sûr. Mrs. Gardiner, à qui la chaude recommandation d'Elizabeth avait mis la puce à l'oreille, les observa tous deux. Sans croire qu'elle était sérieusement amoureuse, leur penchant mutuel la mit mal à l'aise et elle résolut de parler à sa nièce avant son départ.

Pourtant, Wickham avait un argument pour plaire à Mrs. Gardiner. Avant son mariage, elle avait passé beaucoup de temps dans la partie du Derbyshire où il était né. Elle avait vu Pemberley et bien connu feu Mr. Darcy de réputation. Elle fut ravie d'entendre le lieutenant faire l'éloge de ce dernier. Quand elle apprit comment il avait été traité par le fils, elle ne put pas se souvenir s'il y avait eu des dispositions particulières prises par le vieux châtelain. Mais elle se rappela qu'elle avait entendu parler de Mr. Fitzwilliam Darcy comme d'un jeune homme orgueilleux et d'un naturel déplaisant.

26

Mrs. Gardiner prit Elizabeth à part dès qu'elle en trouva l'occasion.

— Ma chère Lizzy, je te parlerai ouvertement : reste sur tes gardes. Ne t'implique pas dans une affection qui resterait sans lendemain, faute de fortune. Ne l'encourage pas non plus. Si Mr. Wickham avait la position qu'il aurait dû avoir, tu n'aurais pas pu faire un meilleur choix. Mais les choses en vont tout autrement.

— Ma chère tante, voilà un propos bien sérieux !

— Qui vise à t'engager à l'être aussi si tu ne l'es pas.

— Je le suis ! Jusqu'à présent, je ne l'aime pas mais il est, sans comparaison, l'homme le plus aimable que j'aie jamais vu. Et s'il s'attachait sérieusement à moi... Non ! je sens que ce serait imprudent. Seulement, on voit souvent que les considérations de fortune n'empêchent pas les jeunes gens qui s'aiment de s'unir, alors comment promettre d'être plus sage qu'une autre ? Et, même, comment savoir s'il serait sage de résister ? Tout ce à quoi je peux m'engager, c'est à ne pas me presser. Et à ne plus rechercher sa conversation quand je le rencontrerai. Enfin, je ferai de mon mieux.

— Peut-être serait-il sage de ne pas le voir aussi souvent ?

— Je vous promets de me comporter avec lui de la manière que je jugerai la plus prudente. Êtes-vous satisfaite ?

Sa tante assura qu'elle l'était, et elles en restèrent là.

Mr. Collins revint dans le Hertfordshire peu après que les Gardiner et Jane en furent partis. Comme il descendit chez les Lucas, sa présence ne dérangea pas Mrs. Bennet. Le mariage devait avoir lieu le jeudi. La veille, Charlotte vint à Longbourn, faire sa visite d'adieu. En descendant l'escalier, elle dit à Elizabeth :

— Je compte sur toi pour avoir des nouvelles.

— Je ne manquerai pas de t'écrire.

— Père et Maria viennent me voir en mars. J'espère que tu voudras bien les accompagner.

Même si elle escomptait peu de plaisir d'un tel séjour, Elizabeth ne put pas faire autrement que d'accepter. Les noces eurent lieu. Les mariés partirent directement pour le Kent après l'église. Elizabeth ne tarda pas à avoir des nouvelles de Charlotte. Dans sa lettre, elle se montra satisfaite de tout ce qu'elle avait trouvé. La maison, sa nouvelle vie et Lady Catherine étaient à son goût, comme Elizabeth s'y attendait. Il faudrait attendre d'aller sur place pour savoir ce qu'il en était vraiment. Une correspondance régulière s'établit entre elles, mais les propos qu'elles échangèrent n'avaient pas la liberté de leurs conversations passées.

Jane avait déjà écrit pour annoncer qu'elle était bien arrivée à Londres. Une nouvelle lettre arriva dans laquelle elle racontait à Elizabeth la visite qu'elle avait faite à Grosvenor Street.

Je n'ai pas trouvé Caroline très en train mais elle a été ravie de me voir. J'avais raison de croire qu'elle ne m'avait pas fait signe parce qu'elle ignorait que j'étais en ville. Ma lettre ne lui était pas parvenue. Elle m'a confié qu'elle ne voyait pas souvent son frère que Mr. Darcy accaparait. Nous n'avons pas parlé longtemps car elle devait sortir mais nous nous reverrons bientôt…

Elizabeth hocha la tête. Si Mr. Bingley apprenait que Jane était à Londres, ce serait par hasard.

Un mois passa, Jane ne le vit pas. Elle attendit la visite de Miss Bingley pendant plus de deux semaines, lui inventant chaque jour une excuse. Enfin elle vint, mais fut si expéditive et de si mauvaise humeur que Jane ne put plus se faire d'illusions sur sa prétendue amitié. Elle l'écrivit à sa sœur, en ajoutant :

Quant à son frère, il sait que je suis en ville. Elle me l'a laissé entendre, et aussi qu'il ne reviendrait pas à

Netherfield. Au moins je suis fixée, et je ne veux ni en parler ni y penser plus avant…

Cela peina Elizabeth mais, au moins, Jane ne serait pas dupe plus longtemps. À la même période, Mrs. Gardiner demanda où elle en était avec Mr. Wickham. Sa réponse fut plus satisfaisante pour la tante que pour elle : la faveur qu'il lui portait s'était évanouie, ses attentions étaient terminées, il faisait la cour à une autre.

Elizabeth put l'écrire sans peine. Son cœur avait été à peine effleuré et sa vanité lui fit penser qu'elle aurait été son choix s'il n'y avait eu les questions matérielles. Un héritage inattendu de dix mille livres était le charme le plus remarquable de Miss King, la nouvelle élue. Moins lucide qu'elle l'avait été avec Charlotte, elle n'en voulait pas au lieutenant de désirer se mettre à l'abri du besoin.

27

Parfois boueux, parfois pluvieux, janvier et février s'écoulèrent sans autres événements pour la famille Bennet. Mars devait conduire Elizabeth à Hunsford. Elle avait l'intention de ne pas y aller mais, sentant que Charlotte comptait sur elle, elle changea d'avis, d'autant que le voyage lui permettrait d'entrevoir Jane. Elle accepta finalement de se joindre à Sir William et à Maria.

Les adieux avec Mr. Wickham furent amicaux. Il lui souhaita un excellent séjour, lui rappela ce qu'elle pouvait attendre de Lady Catherine de Bourgh et émit le vœu que leur opinion sur cette personne concorderait.

C'était un voyage de seulement vingt-quatre miles et ils le commencèrent assez tôt pour être chez les Gardiner à midi. Elizabeth fut heureuse de constater que la santé et la beauté de son aînée étaient intactes. La journée s'acheva agréablement dans la joie et la gentillesse. Le lendemain matin se passa à faire des courses et la soirée, au théâtre. Mrs. Gardiner profita de ce qu'elle était assise à côté d'Elizabeth pour lui demander :

— Ma chérie, quel genre de fille est donc cette Miss King ? Je serais désolée d'apprendre que ton ami est intéressé.

— Dites-moi plutôt, ma chère tante quelle est la différence, en matière d'unions matrimoniales, entre intéressé et prudent ? Cela dit, c'est une brave fille dont je n'ai jamais entendu dire de mal.

— Il ne lui a accordé aucune attention avant qu'elle hérite ?

— Pourquoi l'aurait-il fait ? S'il ne pouvait pas rechercher mon affection parce que je n'ai pas d'argent, pourquoi faire la cour à une fille qui ne lui plaisait pas et qui était aussi pauvre que moi ?

— Sa précipitation semble bien peu délicate !

— Un homme dans le besoin se soucie moins d'élégance. Du moment qu'elle n'y trouve rien à redire.

— Tout de même, je serais déçue de devoir penser du mal d'un jeune homme originaire du Derbyshire.

— Oh ! mais moi j'ai une très mauvaise opinion des messieurs qui viennent de là. Et de leurs amis qui vivent dans le Hertfordshire. Heureusement, je serai demain chez un homme dépourvu de qualités, d'intelligence et de bonnes manières. À croire que les sots sont les seuls qui méritent qu'on s'y intéresse !

Cependant cet accès de mauvaise humeur ne dura pas. Les Gardiner, en effet, invitèrent leur nièce à un voyage d'agrément qu'ils devaient faire pendant l'été.

— Peut-être, dit Mrs. Gardiner, pousserons-nous jusqu'aux Lacs.

Aucun projet n'aurait pu être plus agréable à Elizabeth. Elle accepta avec empressement avant de s'écrier :

— Oh ! Quelles délices ! Quel bonheur ! Vous me rendez à la vie ! Adieu désillusions et chagrins ! Que sont les jeunes gens face aux rochers, aux rivières et aux montagnes ?

28

Pendant le voyage du lendemain, tout parut nouveau et intéressant à Elizabeth. Rassurée sur la santé de sa sœur et ravie des projets pour l'été, elle fut dans un constant enchantement. Sir William et Maria n'étaient pas moins satisfaits de la promenade qu'elle.

Finalement, le presbytère fut en vue. Mr. Collins et Charlotte apparurent à la porte quand la voiture s'arrêta devant la grille. Mrs. Collins les accueillit avec une telle chaleur qu'Elizabeth ne regretta pas d'être venue. Elle constata vite que le mariage n'avait pas changé les manières de son cousin. Elle s'était préparée à le voir en pleine gloire et ne put pas s'empêcher de penser qu'il s'adressait plus particulièrement à elle quand il détailla les avantages de toutes les pièces qu'il leur fit visiter, le confort de tous les meubles, du sofa au cendrier, la beauté des vues qu'il fit admirer à toutes les fenêtres. Elle garda les yeux sur Charlotte mais elle eut l'impression que cette dernière ne se rendait compte de rien. Ou alors, c'était qu'elle ne s'en souciait pas.

Ils firent ensuite le tour du jardin dont Mr. Collins s'occupait personnellement. Il ne leur fit grâce ni d'un arbre, ni d'un arbuste, ni d'une planche cultivée, ni d'un champ ou d'un pré quand ils en vinrent à contempler le paysage au bout du potager.

À ses yeux, toutefois, le fin du fin du presbytère consistait dans sa proximité avec Rosings qu'on apercevait par un trou entre les arbres. C'était une bâtisse moderne, située sur une petite hauteur.

— Nous aurons l'honneur de voir Lady Catherine de Bourgh dimanche prochain à l'église, dit-il avec fierté, et je puis vous assurer que vous en serez enchantés. Je ne crois pas m'avancer en pensant qu'elle nous invitera tous avant la fin de votre séjour.

— Lady Catherine est, de fait, une femme extrêmement sensée et une voisine des plus attentives, intervint Charlotte.

La soirée se passa à commenter les nouvelles du Hertfordshire.

Le lendemain, en début d'après-midi, il y eut du bruit devant la maison. Charlotte et Elizabeth se tenaient dans un petit salon, à l'étage, quand elles entendirent Mr. Collins appeler son épouse.

— Mon dieu ! s'exclama cette dernière, les cochons se sont échappés une nouvelle fois !

Et elle descendit l'escalier en courant.

Elizabeth alla à la fenêtre dans l'espoir d'assister à un spectacle divertissant mais ce n'était pas les cochons. Une élégante voiture découverte stationnait devant la grille d'entrée du presbytère avec deux dames qui s'y tenaient assises, une jeune et une vieille.

« Voilà donc Lady et Miss de Bourgh ! » se dit Elizabeth en notant la déférence avec laquelle Mr. Collins s'adressait à elles.

Elle se trompait, pourtant. La plus âgée des dames n'était que la gouvernante. Mais la jeune personne était bien Miss de Bourgh qui était venue transmettre une invitation à dîner pour le lendemain.

29

Suite à cette invitation, le triomphe de Mr. Collins fut complet.

— Je confesse, dit-il, que je n'aurais pas été étonné si Sa Seigneurie nous avait invités à prendre le thé à Rosings dimanche. Mais qui aurait pu imaginer une invitation, générale qui plus est, aussi tôt après votre arrivée ?

Tout le reste de la journée et le lendemain, il ne fut guère question que du dîner. Mr. Collins les informa scrupuleusement de ce à quoi ils devaient s'attendre, de la splendeur des pièces à la magnificence du dîner.

Au moment où les dames allèrent s'apprêter, il dit à sa cousine :

— Ne vous préoccupez pas trop de votre toilette. Contentez-vous de porter vos meilleurs vêtements. Sa Seigneurie ne vous en voudra pas d'être vêtue modestement. Elle tient à ce que les différences de rang social restent nettement marquées.

Le temps était parfait et la promenade dans la partie du parc qu'ils traversèrent fut plaisante. Il avait sa beauté, mais, aux yeux d'Elizabeth, il ne méritait pas l'extase qu'il suscita chez Mr. Collins. Ils montèrent les marches du perron ; Maria était terriblement impressionnée et Sir William, lui-même, ne semblait pas tout à fait calme. Elizabeth ne laissa pas son courage l'abandonner. N'ayant pas entendu dire que la maîtresse des lieux possédait des talents particuliers, elle n'était pas décidée à se laisser impressionner simplement par le rang ou l'argent.

Quand ils pénétrèrent dans le salon où étaient assises Lady Catherine, sa fille et la gouvernante, Sa Seigneurie eut la prévenance de se lever pour venir à leur rencontre. Charlotte fit les présentations, sans les commentaires, les excuses et les remerciements dont son époux les aurait émaillées.

Lady Catherine était une femme grande et imposante, avec des traits marqués, qui avait pu être belle autrefois. Son expression manquait de cordialité et sa mine ne risquait pas de faire oublier aux visiteurs la différence de rang entre eux et elle. Quand elle se taisait, elle n'était guère impressionnante mais tout ce qu'elle disait était frappé au coin de l'autorité et de l'importance. Cela rappela à Elizabeth les propos de Wickham : Lady Catherine était bien telle qu'il l'avait décrite. Elle ne tarda pas, même, à lui trouver une ressemblance, dans la contenance et les façons, avec Mr. Darcy.

Après la mère, la fille frappait par sa maigreur et sa petite taille : les deux dames ne se ressemblaient pas du tout. Miss de Bourgh était pâle et maladive, ses traits, insignifiants. Elle parlait rarement, toujours à voix basse, en s'adressant à la seule gouvernante, Mrs. Jenkinson, dont la tâche principale semblait être de l'écouter pour répéter ensuite ses propos au reste de la compagnie.

Le dîner fut excessivement beau et servi par une nuée de serviteurs, exactement comme Mr. Collins l'avait promis, mais la conversation manqua d'animation. Elizabeth aurait volontiers parlé si elle en avait eu l'occasion mais elle se trouva placée entre Charlotte qui se contenta d'écouter ce que disait Sa Seigneurie, et Miss de Bourgh qui ne dit rien.

On revint ensuite au salon où il n'y eut pas grand-chose d'autre à faire qu'écouter Lady Catherine parler, ce qu'elle fit sans s'interrompre jusqu'à ce que soit servi le café. Elizabeth put constater qu'il n'existait pas de domaine qui échappait à sa sagacité et à sa compétence, et qu'elle était à même de donner un avis définitif sur tout. Elle posa quantité de questions, principalement aux jeunes filles et, dans la plupart des cas, se chargea aussi d'y répondre pour elles. À l'évidence, elle pratiquait depuis longtemps ce très sûr moyen d'obtenir des réponses qui la satisfassent.

Quand les messieurs les rejoignirent en provenance du fumoir, on installa les tables de jeu. Lady Catherine, Sir William, Mr. et Mrs. Collins s'installèrent pour une partie de quadrille. Miss de Bourgh ayant choisi de jouer au casino, Elizabeth et Maria eurent l'honneur d'assister Mrs. Jenkinson pour lui servir de partenaires.

Puis, quand Lady Catherine et sa fille en eurent assez de jouer, on proposa la voiture aux invités. Elle fut acceptée avec gratitude. Après une avalanche de remerciements du côté de Mr. Collins et une série de profonds saluts de celui de Sir William, on se sépara. À peine dehors, Mr. Collins demanda à sa cousine ce qu'elle pensait de Lady Catherine. Par égard pour Charlotte, Elizabeth en dit beaucoup plus de bien qu'elle n'en pensait.

30

Sir William resta une semaine à Hunsford. Tant qu'il fut là, son gendre lui fit visiter les environs mais dès qu'il fut parti, la vie familiale reprit au presbytère comme auparavant. Toutefois, Elizabeth constata avec soulagement qu'elle ne voyait pas beaucoup plus son cousin. En fait, en dehors des repas, il s'occupait de son jardin ou passait son temps dans son bureau qui donnait sur l'avant de la maison, à lire, à travailler ou à regarder par la fenêtre. La pièce où se tenaient habituellement les dames donnait sur l'arrière. Au début, Elizabeth s'était étonnée de voir que Charlotte ne s'était pas attribué le grand salon. C'était une pièce plus grande et plus plaisante que celle qu'elle s'était réservée. Puis elle comprit que Mr. Collins serait resté dans son domaine moins souvent s'il y avait eu à proximité une pièce agréable et animée. En sorte qu'elle approuva totalement les dispositions que Charlotte avait adoptées.

Il se passait peu de jours sans que le pasteur se rende à Rosings et, le plus souvent, son épouse l'accompagnait. Elizabeth se demanda pourquoi ils sacrifiaient autant de temps ainsi puis elle comprit que Lady Catherine disposait probablement d'autres bénéfices à attribuer. De son côté, Sa Seigneurie les honora de plusieurs visites. Elle examina leur emploi du temps, vérifia les ouvrages qu'elles avaient en cours, suggéra des modifications, désapprouva la disposition de certains meubles, pointa du doigt les négligences de la bonne, estima que les rôtis de Mrs. Collins étaient trop gros pour le nombre de convives.

L'événement que constituait un dîner à Rosings se répéta à raison de deux fois par semaine mais, compte tenu du départ de Sir William, il n'y eut plus qu'une table de jeu. Sinon, il y eut peu d'autres invitations, car le train de vie du voisinage était au-dessus des moyens des Collins. Elizabeth ne s'en plaignit pas. Elle causait avec Charlotte et, comme le temps continuait à être splendide, elle profitait des visites de ses hôtes au château, pour faire de longues promenades dans la campagne.

Une quinzaine de jours avaient ainsi passé. Pâques approchait quand des visites furent annoncées. Elizabeth apprit que Mr. Darcy était attendu sous peu à Rosings. Bien qu'il n'y ait pas grand monde qu'elle ait eu aussi peu envie de voir, elle se dit qu'il serait amusant de vérifier, d'après son comportement avec Miss de Bourgh, si les espoirs de Miss Bingley étaient aussi vains qu'elle l'imaginait.

Son arrivée fut tout de suite connue au presbytère car Mr. Collins fit les cent pas toute la matinée devant la grille principale du château pour le voir arriver. Il s'inclina pour saluer la voiture et trotta jusque chez lui pour annoncer la nouvelle. Le lendemain, il se précipita au château pour présenter ses respects aux nouveaux arrivants. Il y avait deux neveux à saluer car Mr. Darcy avait emmené son cousin, le lieutenant Fitzwilliam, le fils puîné de Lord ***. À la surprise générale, ces deux gentlemen l'accompagnèrent quand il repartit. Charlotte les vit venir depuis une fenêtre à l'étage. Elle prévint Elizabeth de l'honneur qui leur était fait et, peu de temps après les trois hommes firent leur entrée au salon.

Le colonel Fitzwilliam avait autour de trente ans, n'était pas joli garçon mais avait toutes les caractéristiques de l'homme du monde. Mr. Darcy était le même que dans le Hertfordshire. Il salua Mrs. Collins avec sa réserve coutumière et, quels que puissent être ses sentiments envers son amie, n'en trahit rien. Elizabeth lui fit la révérence sans prononcer une parole.

Le colonel Fitzwilliam se lança dans la conversation avec l'aisance et la facilité que confère une excellente éducation. Son cousin, en revanche, après une brève remarque sur la maison et le jardin, demeura assis sans desserrer les dents. À la fin, toutefois, sa civilité se ranima assez pour le pousser à demander à Elizabeth des nouvelles de sa famille. Elle répondit comme on le fait d'habitude puis, après un moment de pause, ajouta :

— Ma sœur aînée est à Londres depuis trois mois. Vous ne l'y avez donc jamais rencontrée ?

Elle savait parfaitement que ce n'était pas le cas mais elle voulait voir s'il montrerait à quel point il avait connaissance de ce qu'il s'était passé entre Mr. Bingley et Jane. Il lui sembla un peu embarrassé quand il répondit qu'il n'avait pas eu la bonne fortune de revoir Miss Bennet mais on en resta là sur ce sujet et les deux visiteurs ne tardèrent pas à s'en aller.

31

Les manières du colonel Fitzwilliam furent appréciées au presbytère où les dames jugèrent que sa présence rendrait plus plaisantes les visites à Rosings. Quelques jours se passèrent, cependant, sans qu'on les y convie. La présence d'autres invités rendait les Collins et leurs invitées inutiles. Ce fut seulement le jour de Pâques qu'on les honora d'une invitation ; jusqu'alors, on n'avait vu Darcy qu'à l'église.

Lady Catherine les reçut avec civilité mais il fut clair que leur présence était moins appréciée que lorsqu'elle ne pouvait avoir personne d'autre. Visiblement, elle était entichée de ses neveux, et ne s'adressa quasiment qu'à eux, à Darcy plus particulièrement.

Le colonel Fitzwilliam se montra heureux de les voir : tout était bienvenu pour le distraire à Rosings. Il s'assit à côté de la jolie amie de Mrs. Collins et l'entretint si bien de sujets variés qu'Elizabeth ne s'était jamais autant amusée à Rosings.

Leur conversation finit par attirer l'attention de Lady Catherine qui n'eut aucun scrupule à les interpeller :

— De quoi parlez-vous donc avec Miss Bennet, Fitzwilliam ?

— De musique, madame, dit-il.

— De musique ? Alors parlez à voix haute. De tous les sujets de conversation, c'est mon préféré. Il y a peu de gens en Angleterre qui aiment parler de musique autant que moi ! Si je l'avais apprise, j'aurais été une excellente musicienne, j'aurais joué à merveille ! Et Georgiana, où en est-elle, Darcy ?

Mr. Darcy loua affectueusement les progrès de sa sœur.

— Dîtes-lui bien qu'elle n'a aucune chance de devenir excellente si elle ne pratique pas beaucoup ! Je dis souvent aux jeunes filles que le talent, en musique, s'acquiert par un travail constant. Du reste, Mrs. Collins, qui n'a pas d'instrument chez elle, devrait venir tous les jours jouer sur le piano qui se trouve dans la chambre de Mrs. Jenkinson. Je le lui ai dit souvent, elle ne dérangerait personne dans cette partie de la maison !

Mr. Darcy sembla légèrement honteux de la mauvaise éducation de sa tante mais ne répondit rien.

Après le café, le colonel Fitzwilliam rappela à Elizabeth qu'elle avait promis de jouer pour lui. Elle se mit donc au piano ; il s'assit à côté d'elle. Lady Catherine écouta la moitié d'un air, puis se remit à parler avec son autre neveu jusqu'à ce dernier se lève, aille au piano à pas lents et s'y accoude, de façon à observer commodément le joli visage de celle qui jouait.

— Vous voulez m'intimider, Mr. Darcy ? dit Elizabeth avec un large sourire. Vous n'y parviendrez pas même si votre sœur joue tellement bien. Il y a en moi quelque chose d'obstiné qui ne se laisse pas affecter par le talent des autres. Mon courage s'accroît chaque fois qu'on cherche à m'impressionner !

— Je ne dirai pas que vous vous trompez, répondit-il, car j'ai le bonheur de vous connaître depuis assez longtemps pour savoir que vous aimez parfois professer des opinions qui ne sont pas vôtres.

Elizabeth rit de bon cœur devant cette image d'elle-même et dit :

— Colonel, votre cousin vous donne une belle idée de moi en vous apprenant à ne pas croire ce que je dis ! Vraiment, Mr. Darcy, ce n'est pas gentil de révéler tout ce que vous avez appris de négatif sur mon compte dans le Hertfordshire. Ce n'est pas adroit, non plus, car c'est me pousser à vous rendre la pareille.

— Dites ce que vous avez à lui reprocher, s'écria le colonel. Qu'on sache comment il se comporte avec les étrangers !

— Préparez-vous au pire, dit Elizabeth... La première fois que je l'ai vu, c'était à un bal. Il n'a dansé que quatre fois alors que quantité de jeunes filles restaient assises faute de cavalier.

— À cette époque, je n'avais pas l'honneur de connaître de dames dans l'assemblée, à part mes amies.

— C'est vrai ! s'exclama-t-elle. Et, bien sûr, il est impossible que quelqu'un vous présente une cavalière lors d'un bal !

— Si j'avais eu plus de jugeote, j'aurais demandé à être présenté. Mais je suis mal qualifié pour me faire valoir auprès d'étrangers.

— Demanderons-nous à votre cousin pourquoi un homme comme lui, intelligent, instruit et habitué au monde, s'estime mal qualifié pour se faire valoir ? dit Elizabeth en s'adressant au colonel.

— Je peux vous répondre moi-même, dit Fitzwilliam. C'est parce qu'il ne veut pas s'en donner la peine.

— Je n'ai pas le talent, que d'autres possèdent, de converser facilement avec des gens que je n'ai jamais vus auparavant. Je ne parviens pas à saisir le ton de leur conversation, ni à feindre de m'y intéresser comme je le vois faire souvent.

— Mes doigts ne se déplacent pas sur le clavier avec la maîtrise que je décèle chez d'autres dames. Mais j'ai toujours considéré que c'était par ma faute – parce que je ne pratique pas assez. Je n'ai jamais cru mes doigts plus incapables que ceux des dames qui jouent mieux que moi !

Lady Catherine les interrompit :

— Miss Bennet ne jouerait pas mal du tout si elle travaillait plus ! Elle a une très bonne idée des doigtés même si son goût ne vaut pas celui d'Anne. Anne aurait été une exquise interprète si sa santé lui avait permis d'apprendre à jouer.

Elizabeth regarda Darcy pour voir avec quel degré de cordialité il se joindrait à cet éloge de sa cousine. Mais ni à ce moment, ni à aucun autre, elle ne put déceler le moindre signe d'amour. De son comportement elle conclut, à l'avantage de Miss Bingley, qu'il aurait tout aussi bien pu l'épouser elle, si elle avait été sa cousine.

Lady Catherine fit quelques autres remarques variées sur le jeu d'Elizabeth ; cette dernière les écouta avec l'attention et la bonne volonté que dictait la politesse. À la demande de ces messieurs, elle resta au piano et joua jusqu'à ce que la voiture qui devait les ramener au presbytère soit annoncée.

32

Elizabeth était seule le lendemain en train d'écrire à Jane – Charlotte et Maria étaient allées au village – quand la sonnette annonça une visite. Comme elle n'avait pas entendu de voiture, elle eut peur de voir arriver Lady Catherine et cacha sa lettre pour éviter de probables réflexions de sa part. La porte s'ouvrit, et elle eut la surprise de voir entrer Mr. Darcy.

Il parut étonné de la trouver seule et la pria d'excuser son intrusion : il avait cru rencontrer toutes les dames au salon.

Quand il se fut assis, ils échangèrent quelques propos sur Rosings, puis la conversation se trouva en grand danger de tourner au parfait silence. Alors, par curiosité, elle lui demanda :

— Vous avez quitté Netherfield brusquement en novembre. Mr. Bingley a dû être ravi de vous voir le rejoindre aussi vite. Lui et ses sœurs allaient-ils bien quand vous avez quitté Londres ?

— Parfaitement bien, merci, dit-il.

Comprenant qu'elle n'obtiendrait rien de plus, elle insista :

— J'ai cru comprendre qu'il n'avait pas l'intention de revenir.

— Je ne l'ai jamais entendu dire une chose pareille. Mais je doute qu'il y retourne souvent. Il a beaucoup d'amis, et il est à un âge où le nombre des relations et des invitations ne cesse d'augmenter. Je ne serais pas surpris s'il renonçait à Netherfield aussitôt qu'il trouvera un domaine à vendre qui lui convienne.

Elizabeth ne répondit pas. Elle n'osait pas parler plus de Mr. Bingley et décida de lui laisser le soin d'alimenter la conversation.

— Cette maison est agréable, dit-il.

— Oui. Et Lady Catherine n'aurait pas pu lui trouver un locataire plus reconnaissant.

— Mr. Collins a été très heureux dans le choix de son épouse.

— Il a eu la chance de rencontrer une des très rares femmes assez sensées pour l'accepter comme mari. Mon amie est intelligente et, curieusement à mes yeux, semble heureuse. Du point de vue de la prudence, c'est un excellent mariage pour elle aussi.

— Ce doit être bien agréable pour elle d'être installée à distance commode de sa famille.

— Distance commode, dites-vous ? Il y a cinquante miles !

— Qu'est-ce donc que cinquante miles de bonnes routes ? Une journée de voyage ! Oui, c'est une distance parfaite !

— Je n'aurais jamais considéré la distance comme un avantage dans un mariage. Ni dit que Charlotte est établie près de sa famille !

— Cela montre votre attachement au Hertfordshire. Tout ce qui n'est pas tout près de Longbourn vous semble lointain, j'imagine.

En parlant, il eut un sourire, qu'Elizabeth se flatta de comprendre. Il pensait à Jane et à Netherfield. Elle rougit un peu.

— En fait, dit-elle, tout est relatif. Quand on dispose d'une fortune suffisante pour faire de fréquents voyages, la distance compte peu.

Mr. Darcy approcha sa chaise et dit :

— Vous n'avez pas le droit de manifester un attachement local aussi fort. Vous ne pouvez pas avoir toujours vécu à Longbourn !

Elizabeth parut surprise. Le jeune homme changea d'humeur, recula sa chaise et dit d'un ton plus froid :

— Appréciez-vous le Kent ?

Le dialogue insignifiant qui suivit fut interrompu par le retour de Charlotte et de Maria. Mr. Darcy renouvela son excuse pour avoir surpris Elizabeth et ne tarda pas à s'en aller.

— Qu'est-ce que cela signifie ? demanda aussitôt Charlotte. Ma chère Eliza, il faut qu'il soit amoureux de toi.

Toutefois, quand Elizabeth lui eut fait part de son mutisme, cela apparut comme peu probable et cette visite fut mise sur le compte de la difficulté qu'il y avait à s'occuper, même à Rosings.

De fait, les deux jeunes gens vinrent souvent au presbytère les jours suivants, tantôt ensemble, tantôt séparément. Et s'il était évident que le colonel Fitzwilliam y venait pour le charme de la société qu'il y trouvait, la fréquence des visites de Mr. Darcy était plus difficile à comprendre. Ce n'était pas pour la compagnie car, souvent, il demeurait assis plus de dix minutes sans dire un mot. Mrs. Collins ne savait pas que faire de lui et, parfois, le colonel Fitzwilliam riait de la subite stupidité de son cousin, ce qui prouvait qu'en général il se comportait différemment.

Charlotte, qui persistait à mettre ce changement sur le compte de l'amour, se mit à l'observer scrupuleusement. Elle remarqua que très souvent, à Rosings comme au presbytère, il regardait Elizabeth. Seulement ce regard pouvait s'interpréter de différentes façons. Il était sérieux et intense mais elle se demandait s'il traduisait de l'admiration ou de la simple distraction.

Elle suggéra deux ou trois fois à Elizabeth la possibilité qu'il ait un faible pour elle, ce qui fit rire l'intéressée. Mrs. Collins ne se sentit pas le droit d'insister sur ce sujet de crainte de faire naître des espérances qui ne pourraient s'achever que par une déception. Car elle ne doutait pas une seconde que l'antipathie de son amie se dissiperait si elle savait qu'elle le tenait en son pouvoir.

Par moments, elle formait des projets d'avenir pour son amie en s'imaginant de la marier au colonel Fitzwilliam. Il avait sûrement un faible pour elle, était, des deux cousins, le plus agréable et sa situation dans le monde était enviable. En contrepartie de ces avantages, Mr. Darcy avait des bénéfices ecclésiastiques à distribuer quand son cousin n'en avait aucun.

33

Plus d'une fois, en flânant dans le parc, Elizabeth tomba par hasard sur Mr. Darcy. Elle pesta contre la malchance qui le lui faisait rencontrer là où, en général, personne d'autre qu'elle n'allait. Elle prit soin de lui dire que ce secteur-là du parc était son lieu de retraite préféré. Cela n'empêcha qu'elle l'y revit une deuxième puis une troisième fois. Décidément, il fallait qu'il s'y rende avec l'intention de lui être désagréable ou, alors, de faire pénitence, car il ne lui parlait qu'à peine – de son plaisir de séjourner à Hunsford ou du bonheur dans le mariage de Mr. et Mrs. Collins – et s'en allait au bout de quelques instants.

Un jour qu'elle relisait une lettre de Jane qui lui causait un peu de souci car elle trahissait des moments de profonde mélancolie, elle vit apparaître le colonel

Fitzwilliam. Après qu'ils eurent échangé les compliments d'usage, elle lui demanda :

— Êtes-vous certain de quitter le Kent samedi ?

— Oui. Si Darcy ne repousse pas la date du départ une nouvelle fois. Cela, dit, je suis à sa disposition.

— Je ne connais personne qui semble aimer autant que Mr. Darcy le pouvoir de n'en faire qu'à sa tête.

— Il est vrai qu'il aime bien agir à sa guise. Mais nous en sommes tous là. Seulement, lui peut se le permettre.

— Je suppose qu'il vous a amené ici pour avoir de la compagnie. Ce qui m'étonne, c'est qu'il ne se marie pas, afin de s'en procurer une qui soit permanente. Peut-être sa sœur suffit-elle pour l'instant ? Comme elle est sous sa seule tutelle, il fait d'elle ce qu'il veut.

— Il se trouve que je suis le cotuteur de Miss Darcy.

— Vraiment ? Et vous donne-t-elle beaucoup de souci ? Les jeunes filles de son âge sont parfois difficiles à diriger. Surtout que si elle a, elle aussi, le vrai caractère Darcy, elle peut vouloir n'en faire qu'à sa tête !

Le regard inquisiteur qu'il posa sur elle et la façon dont il demanda pourquoi elle supposait que Miss Darcy pouvait leur causer du désagrément firent comprendre à Elizabeth qu'elle venait de passer très près de la vérité. Elle s'empressa de répondre qu'elle n'avait jamais entendu dire que du bien d'elle.

— C'est la coqueluche de deux dames de ma connaissance, Mrs. Hurst et Miss Bingley. Sans doute avez-vous rencontré leur frère ?

— C'est un jeune homme charmant – grand ami de Darcy.

— Lequel prend grand soin de lui.

— Vous pouvez le dire ! J'ai des raisons de croire que Mr. Bingley lui doive beaucoup. Il semble qu'il lui a épargné un mariage imprudent.

— Pourquoi dites-vous « il semble » ?

— Il m'en a parlé sans citer de nom. J'ai compris qu'il s'agissait de Mr. Bingley parce qu'il s'était lancé dans une affaire de ce genre.

— Et pourquoi dites-vous que ce mariage était imprudent ? Mr. Darcy vous a-t-il exposé les raisons qu'il avait de s'en mêler ?

— J'ai compris qu'il y avait de très fortes objections à propos de la jeune fille. Il n'en a pas dit plus.

Elizabeth n'ajouta rien. Elle marcha un moment en silence, le cœur gonflé d'indignation.

— La conduite de votre cousin me heurte, dit-elle enfin. Je ne vois pas quel droit il s'est arrogé pour juger l'inclination de son ami et décider de son bonheur. Mais puisque nous ne connaissons pas bien les protagonistes, mieux vaut n'en rien dire d'autre.

Ils n'échangèrent plus que des banalités jusqu'au presbytère où le colonel la raccompagna. Dès qu'il fut parti, Elizabeth s'enferma dans sa chambre pour réfléchir à ce qu'elle venait d'entendre. Il n'était pas possible que l'histoire concerne quelqu'un d'autre que Jane et Mr. Bingley. La coïncidence aurait été bien trop grande.

Elle avait pensé que Mr. Darcy avait participé à la séparation mais en avait toujours attribué la responsabilité à Miss Bingley. En réalité, c'était par sa faute à lui, que Jane avait tant souffert et continuait d'être malheureuse.

« Il y avait de très fortes objections à propos de la jeune fille. » Tels ont été les mots du colonel Fitzwilliam, songea-t-elle. Ce qui signifie, tout simplement, qu'elle a un oncle homme de loi en province et un autre, négociant à Londres. Parce qu'à Jane elle-même, on ne peut rien reprocher, bonne et aimable comme elle l'est ! Et intelligente, en plus, instruite, avec d'excellentes manières ! On ne trouverait rien à redire à notre père non plus ! Même s'il est un peu original, il a des qualités que Mr. Darcy lui-même n'oserait pas dédaigner, et une respectabilité à laquelle il ne pourra sans doute jamais prétendre lui-même.

Quand elle en vint à sa mère, sa confiance s'effrita quelque peu. Mais elle se refusa à admettre que c'était de ce point-là que venaient les « objections » de Mr. Darcy. Elle en était convaincue, la faible position sociale de la future belle-famille de son ami le blessait plus que la sottise de certains de ses membres. Elle en conclut que Darcy avait été poussé en partie par un préjugé qui tenait à son insupportable fierté, en partie par le désir d'unir Bingley à sa sœur.

L'agitation et les larmes que lui coûtèrent toutes ces réflexions lui causèrent un mal de tête qui s'accrut tellement ce soir-là que, joint à son manque d'envie de rencontrer Darcy, il la décida à ne pas accompagner les Collins à Rosings où ils étaient invités pour le thé. Mrs. Collins vit que, réellement, elle n'était pas bien et n'insista pas. Mr. Collins, en revanche, ne parvint pas à dissimuler son inquiétude : Lady Catherine allait sûrement se montrer contrariée que sa cousine soit restée à la maison.

34

Quand ils furent partis, Elizabeth, comme si elle voulait s'exaspérer encore contre Mr. Darcy, entreprit de relire les lettres de Jane. Elles ne contenaient aucune plainte, aucune évocation du passé, aucune allusion à ses souffrances présentes mais chacune trahissait un manque de gaieté. Songer à la façon dont Mr. Darcy s'était vanté de ses actes auprès de son cousin lui fit mieux percevoir l'infortune de sa sœur. Elle songea avec plaisir qu'il aurait quitté Rosings le surlendemain et qu'elle reverrait sa sœur dans quinze jours.

Elle fut dérangée dans ses pensées par la petite sonnette de l'entrée et peu après, à sa très grande surprise, Mr. Darcy entra brusquement dans le salon et lui demanda des nouvelles de sa santé en mettant sa visite sur le compte de son désir de savoir si elle se sentait mieux. Elle lui répondit poliment mais avec froideur.

Il s'assit en silence quelques instants, se releva, se mit à arpenter la pièce. Quoique perplexe, Elizabeth ne dit rien. Au bout de longues minutes de mutisme il vint auprès d'elle et commença ainsi :

— En vain j'ai lutté. Rien n'y fait. Mes sentiments ne se laissent pas réprimer. Vous devez me permettre de vous dire combien ardemment je vous admire et je vous aime.

L'étonnement d'Elizabeth dépassa toute expression. Elle ouvrit grand les yeux, rougit, douta d'avoir bien entendu, resta silencieuse. Il y vit un encouragement suffisant et l'aveu de ce qu'il éprouvait pour elle, qu'il éprouvait depuis longtemps, suivit. Il parla bien mais à côté de ceux du cœur, il eut d'autres sentiments à détailler : il ne fut pas moins éloquent sur le thème de l'orgueil que celui de la tendresse. Avec abondance, il insista sur la pleine conscience qu'il avait de son infériorité à elle, de la dégradation que cela constituait pour lui, des obstacles familiaux qui contrariaient son inclination. C'était une façon de faire honneur à sa fierté qu'il était en train de blesser mais cela ne constituait pas la meilleure façon de plaider sa cause.

Malgré sa profonde antipathie, elle ne fut pas insensible au compliment que constituait l'affection d'un homme tel que lui et, sur l'instant, éprouva de la peine à cause du chagrin qu'elle allait lui causer. Puis, peu à peu exaspérée par les propos qu'il était en train de tenir, elle sentit la colère l'envahir. Elle s'efforça, toutefois, de conserver son calme pour pouvoir lui répondre posément. Il termina en exprimant la force d'un attachement dont, malgré tous ses efforts, il n'avait pas pu se défaire et exprima le vœu qu'il en serait récompensé par le fait qu'elle accepterait de l'épouser. Il parla de trouble et d'anxiété mais le fit si calmement, avec une telle certitude tranquille qu'elle allait répondre par l'affirmative, que la colère d'Elizabeth redoubla.

— Dans de semblables circonstances, dit-elle le rose aux joues, il est d'usage d'exprimer de la reconnaissance pour les sentiments exprimés, même s'ils ne sont pas réciproques. Si je pouvais éprouver de la gratitude, je vous en ferais part, mais je ne le puis pas. Je suis désolée d'avoir éveillé des sentiments chez vous. Je puis vous assurer que cela s'est fait bien malgré moi, et j'espère sincèrement qu'ils seront de courte durée.

Mr. Darcy entendit ces propos avec autant d'irritation que de surprise. Il pâlit sous le coup de la colère et l'altération de ses traits fut impressionnante. Il lutta pour retrouver une contenance et ne desserra pas les lèvres avant d'y être parvenu. Finalement, d'une voix qu'il s'efforça de garder calme, il dit :

— C'est donc la seule réponse que je puis attendre ! Peut-être pourrais-je savoir pourquoi je me trouve rejeté avec un aussi piètre effort de votre part pour vous montrer polie.

— Je pourrais demander, répliqua-t-elle, pourquoi vous avez choisi de me dire que vous m'aimez contre votre volonté, votre raison et même votre réputation avec un désir aussi net de m'offenser et de m'insulter ? N'y a-t-il pas là une excuse à mon manque de politesse, si j'en ai manqué ? Surtout que j'ai d'autres doléances. Même si j'avais été disposée tout autrement en votre faveur, croyez-vous que j'aurais accepté la main de l'homme qui a ôté son bonheur à ma sœur bien-aimée peut-être à tout jamais ?

Quand elle prononça ces mots, Mr. Darcy changea de couleur mais son émotion fut brève et il l'écouta encore sans l'interrompre :

— Vous ne pouvez pas nier la part primordiale que vous avez prise dans leur séparation et dans leur malheur actuel.

Elle s'interrompit et vit, pour sa grande indignation, qu'il ne semblait éprouver ni émotion ni remords. Au contraire, ce fut tout tranquillement qu'il répondit.

— Je ne nierai pas que j'ai fait tout ce qui était en mon pouvoir pour séparer mon ami et votre sœur, et que je me suis réjoui d'y être parvenu. J'ai pensé à lui beaucoup plus qu'à moi-même.

Elizabeth ne releva pas cette dernière remarque dont, pourtant, le sens ne lui échappa pas.

— Ce n'est pourtant pas seulement de cette affaire qu'est née mon antipathie. Mon opinion sur vous était faite bien avant. Je savais quel genre de personnage vous êtes suite aux confidences de Mr. Wickham. Qu'avez-vous à dire là-dessus ? Quelle amitié imaginaire allez-vous appeler à la rescousse ? Comment allez-vous déformer les faits à votre avantage ?

— Vous prenez un intérêt bien vif aux affaires de cet individu, répondit Mr. Darcy d'un ton nettement moins détaché.

— Quiconque sait les infortunes qu'il a subies ne peut s'empêcher d'éprouver de l'intérêt pour lui.

— Ses infortunes ! dit-il avec mépris. Effectivement, elles ont été bien grandes !

— Et causées par vous, s'exclama Elizabeth vivement. Vous l'avez réduit à la pauvreté en le privant d'avantages dont vous saviez parfaitement qu'ils lui étaient destinés. Pourtant vous pouvez parler de ses infortunes sur le ton du mépris et les tourner en ridicule.

— Ainsi c'est l'opinion que vous avez de moi ! s'écria Darcy qui faisait les cent pas dans la pièce. C'est l'estime dans laquelle vous me tenez ! Merci de l'exprimer aussi clairement. Selon votre estimation, mes fautes sont lourdes. Seulement peut-être les auriez-vous négligées si je n'avais pas heurté votre fierté en faisant l'aveu sincère des scrupules qui m'ont longtemps empêché d'envisager quoi que ce soit avec vous. Ces accusations amères auraient peut-être disparu si, avec plus de politesse, j'avais caché mes luttes, si je vous avais flattée en vous faisant croire à un amour irrésistible, sourd à la raison et à la réflexion. Mais j'ai en horreur toute dissimulation. Et je ne suis pas honteux des sentiments que j'ai relatés. Pouviez-vous vous attendre à ce que je me réjouisse de l'infériorité de vos relations ? à ce que je me félicite de la perspective de m'allier à une famille dont la condition sociale est tellement inférieure à la mienne ?

— Vous avez tort, Mr. Darcy, de croire que la façon dont vous avez présenté votre demande a influencé ma réponse. Même si vous vous étiez comporté de façon plus élégante, j'aurais refusé.

Elle le vit sursauter mais il ne dit rien et elle continua.

— Vous n'auriez pas pu trouver une façon de me demander ma main qui me l'aurait fait accepter. Depuis que je vous connais, depuis le tout premier moment, vos manières, en me montrant votre arrogance, votre orgueil et votre mépris égoïste pour les sentiments des autres, m'ont causé une aversion pour vous qui ne s'est jamais démentie. Je ne vous connaissais pas depuis un mois que je vous considérais déjà comme le dernier homme que je pourrais épouser.

— Vous en avez assez dit, madame. Je comprends parfaitement ce que vous éprouvez et il ne me reste plus qu'à avoir honte de mes sentiments. Pardonnez-moi d'avoir autant abusé de votre temps et acceptez mes meilleurs vœux de santé et de bonheur.

Sur ces mots, il quitta précipitamment la pièce, et Elizabeth l'entendit sortir de la maison puis du jardin.

Le trouble de son esprit était douloureux, désormais. En proie à un accès de faiblesse, elle dut s'asseoir et pleura pendant une demi-heure. Puis, en repensant à ce qu'il venait de se passer, elle donna libre cours à son étonnement. Dire qu'elle avait reçu une demande en mariage de Mr. Darcy ! Qu'il était amoureux d'elle, cela depuis des mois ! Qu'il avait voulu l'épouser en dépit de toutes les raisons qui l'avaient poussé à empêcher le mariage de son ami ! C'était flatteur pour elle d'avoir inspiré un tel sentiment, elle dut l'admettre. Mais son orgueil, son abominable orgueil ! L'aveu presque cynique de ce qu'il avait fait à Jane ! Son absence de remords ! Le mépris et l'indifférence hautaine qu'il affichait à l'égard de Mr. Wickham ! Tout cela fit qu'elle balaya vite l'espèce de pitié que son attachement malheureux avait fait naître en elle.

Au bout d'un moment, elle entendit la voiture qui arrivait. Peu désireuse que Charlotte la voie dans l'état où l'avaient mise les émotions de cette soirée, elle courut se réfugier dans sa chambre.

35

Elizabeth s'éveilla le lendemain dans les mêmes dispositions d'esprit qui étaient les siennes la veille, quand elle était parvenue à s'endormir enfin. Elle n'était pas encore remise de sa surprise et ne pouvait pas penser à autre chose. Aussi, tout de suite après le petit déjeuner, elle sortit pour faire une grande promenade. Elle se dirigea vers son secteur favori mais, se rappelant que Mr. Darcy y allait aussi, elle changea de direction et marcha longtemps sur l'allée qui s'éloignait de la route, le long de la grille. En cinq semaines la nature avait beaucoup changé et des feuilles d'un beau vert tendre commençaient à paraître sur les arbres les plus précoces.

À un moment, elle distingua une silhouette à travers un taillis. Craignant que ce ne soit Mr. Darcy, elle fit demi-tour en accélérant l'allure mais on l'appela par son nom et, bien que ce soit effectivement sa voix, elle ne put faire autrement que de l'attendre. Il la rejoignit et lui tendit une lettre qu'il tenait à la main. Elle la prit instinctivement tandis qu'il disait d'une voix hautaine :

— Me ferez-vous l'honneur de lire cette lettre ?

Là-dessus, après une légère inclination du buste, il tourna les talons et s'en alla à grands pas.

Sans en attendre de plaisir mais poussée par une vive curiosité, Elizabeth l'ouvrit. Elle y trouva deux feuilles de papier couvertes d'une écriture petite et serrée. Elle commença aussitôt de la lire tout en marchant. Elle était datée de Rosings, à huit heures le matin. Voici ce qu'elle disait :

Ne vous alarmez pas, madame, de cette lettre. Je n'y exposerai pas mes sentiments de nouveau ni ne répéterai une proposition que nous n'oublierons jamais assez tôt, vous comme moi. Je vous demande pardon d'avance d'abuser de votre attention mais, même si vous le faites de mauvaise grâce, j'en appelle à votre sens de la justice pour que vous la lisiez jusqu'au bout.

Hier soir, vous m'avez accusé de deux fautes différentes bien qu'inégalement graves. J'espère que je ne mériterai plus les reproches sévères que vous m'avez faits lorsque vous connaîtrez les motifs qui m'ont poussé à agir. Si, dans mon explication, il m'est nécessaire de rappeler des sentiments qui vous offensent, je dirai juste que j'en suis fâché. Mais il me faut m'expliquer et de plus longues excuses seraient déplacées.

La première faute était que, sans égard pour leurs sentiments mutuels, j'avais éloigné Mr. Bingley de votre sœur.

Je n'ai pas mis longtemps, dans le Hertfordshire, à remarquer, comme les autres, la préférence de mon ami pour Miss Jane mais ce fut seulement au bal à Netherfield que j'ai commencé à craindre qu'il ne lui devienne sérieusement attaché. Je l'avais déjà vu amoureux auparavant. Seulement, en même temps, j'ai entendu des commentaires qui m'ont donné à penser que, de votre côté, du moins, leur mariage était une chose décidée. Aussi ai-je voulu également étudier votre sœur. Son air, ses manières étaient doux, aimables, séduisants comme toujours, mais, faute de voir en elle le moindre symptôme d'un attachement particulier pour mon ami, je me suis convaincu qu'elle ne partageait pas ses sentiments. Si vous avez raison sur ce sujet, il a fallu que je me trompe, ce que je crois volontiers puisque vous connaissez mieux son caractère. Vous avez raison de m'en vouloir si, par ma méprise, je lui ai causé de la peine, mais je vous assure que, à ma place, même l'observateur le plus pénétrant aurait mal jugé : sa sérénité était telle que n'importe qui aurait conclu que son cœur n'était pas touché. Certes, je souhaitais qu'elle soit indifférente mais je l'ai jugée telle d'après ce que j'ai vu, pas d'après mes désirs ou mes envies.

De telle sorte, mes objections à ce mariage n'étaient pas seulement celles qui, comme je vous l'ai avoué hier soir, m'ont empêché si longtemps de penser à vous. S'allier à une famille peu distinguée n'aurait pas constitué un aussi grand inconvénient pour mon ami que pour moi. Seulement la condition sociale de la famille de votre mère n'était rien en comparaison de ce manque absolu d'usage et d'éducation que trahissait sa propre conduite, tellement ridicule et déplacée, celle de vos sœurs cadettes, et parfois, même, celle... de votre père. Il m'est pénible de vous offenser, mais si les défauts de vos proches parents vous mortifient, vous trouverez quelque consolation à songer que vous et votre sœur aînée n'avez aucune part à ces critiques. Et que votre manière d'être à toutes deux fait honneur à votre esprit et à votre jugement.

Tout ce qu'il s'est passé pendant cette soirée, en confirmant ma mauvaise opinion sur votre famille, a accru le désir que j'avais de faire éviter à mon ami un mariage aussi déraisonnable. J'ai pris la décision d'aller le rejoindre au plus vite à Londres. Arrivé là, je lui ai peint les inconvénients de son choix sous le jour le plus noir mais je crois que mes remontrances n'auraient pas empêché ce mariage si je ne l'avais pas convaincu de l'indifférence de votre sœur. Jusqu'à ce moment-là, il avait pensé qu'il était aimé en retour, mais Bingley se repose plus sur mon jugement que sur le sien : le convaincre qu'il s'était trompé m'a été facile. Et il a volontiers suivi mon avis de ne pas retourner dans le Hertfordshire.

Je ne me repens pas d'avoir agi ainsi. Il n'y a qu'un élément dans cette affaire qui ne me satisfait pas : j'ai employé la ruse pour l'empêcher de savoir que votre sœur était à Londres. Peut-être ai-je eu tort mais c'est ainsi, j'ai agi pour le mieux. Sur ce sujet je n'ai plus rien à dire ; si j'ai causé de la peine à votre sœur, je l'ai fait sans le savoir, et quoique les motifs qui m'ont guidé puissent vous paraître insuffisants, ils demeurent valables à mes yeux.

Par ailleurs, vous m'avez reproché d'avoir frustré toutes les espérances et détruit le bonheur de Mr. Wickham malgré les droits les plus sacrés, malgré les lois de l'honneur et de l'humanité. Cette accusation bien plus grave, je ne la peux réfuter qu'en exposant dans le détail ses liaisons avec notre famille. Mr. Wickham est le fils d'un homme respectable qui, pendant de longues années, a régi la terre de Pemberley. La probité, l'exactitude avec lesquelles il s'est toujours acquitté de cette gestion ont naturellement poussé mon père à se montrer généreux à l'égard de son fils, George, dont il était le parrain. Il l'a d'abord mis en pension dans le Derbyshire, puis l'a envoyé à l'université, à Cambridge. Mon père avait la plus haute opinion de ce garçon, et espérant qu'il choisirait l'état ecclésiastique, comptait le placer avantageusement. Quant à moi, il y avait longtemps que j'avais commencé à le juger différemment ; ses inclinations vicieuses, son manque de principes, s'il pouvait les cacher aux yeux de son protecteur, n'échappaient pas à ceux d'un jeune homme de son âge. Ici encore, je vais vous affliger mais quels que soient les sentiments que Mr. Wickham vous a inspirés, je me dois de vous dévoiler son caractère.

Mon excellent père est mort il y a à peu près cinq ans. Dans son testament, il me recommandait d'aider Mr. Wickham autant qu'il me serait possible, ajoutant que s'il se faisait ordonner, il désirait que la meilleure cure que notre famille pouvait accorder lui revienne dès qu'elle serait vacante. Il y avait aussi un legs de mille livres.

Peu après, Mr. Wickham m'a écrit que, étant décidé à ne pas se faire ordonner, il espérait que je trouverais raisonnable sa demande d'un dédommagement pécuniaire. Il avait l'intention de devenir avocat et l'intérêt de mille livres n'était pas suffisant pour le faire vivre durant ses études. Je voulus croire à sa sincérité même si je craignais que ces études ne soient qu'un prétexte pour mener une vie d'oisiveté et de débauche. J'ai donc accepté volontiers sa proposition, sachant trop bien qu'il n'avait pas les vertus nécessaires à un ecclésiastique. L'affaire fut vite réglée : il renonça définitivement à tous ses droits sur la cure qui lui avait été promise et accepta trois mille livres en échange.

Pendant à peu près trois ans, j'ai peu entendu parler de lui, mais à la mort du bénéficiaire de la cure, il m'a écrit pour me la réclamer. Il était enfin décidé à se faire ordonner si je voulais bien lui accorder le bénéfice en question. Vous ne pouvez pas, je crois, me blâmer de ne pas avoir cédé à sa prière. Son indignation fut aussi vive que ses besoins étaient pressants et sans doute s'est-il plaint ensuite de moi en des termes aussi vifs que le fut son langage lorsqu'il se présenta chez moi pour la dernière fois. À partir de ce moment-là, il m'est devenu étranger. Comment il a vécu, je l'ignore, mais l'été dernier une affaire bien pénible est venue le rappeler à mon souvenir.

Il me faut maintenant vous faire part d'une chose que je voudrais pouvoir oublier et que je n'aurais révélée pour rien au monde si les circonstances ne m'y contraignaient pas. Ma sœur, qui est plus jeune que moi de dix ans, a été laissée aux soins du colonel Fitzwilliam et aux miens. L'an passé, après qu'elle a quitté sa pension, elle est allée en villégiature à Ramsgate avec Mrs. Younge, sa gouvernante. Mr. Wickham s'y est rendu aussi, sans doute intentionnellement car j'ai su depuis qu'il connaissait cette Mrs. Younge sur le compte de laquelle nous avions été malheureusement trompés. Avec la complicité de cette dame, il arriva à se faire valoir auprès de ma sœur au point qu'il la persuada qu'elle éprouvait de l'amour pour lui. Elle consentit à ce qu'il l'enlève. Elle n'avait encore que quinze ans, ce qui la rend excusable.

Heureusement, je l'ai rejointe la veille de l'enlèvement projeté, et alors Georgiana, incapable de supporter l'idée qu'elle me trompait, m'a tout avoué. Vous pouvez juger quels furent et mes sentiments et ma conduite. Par souci pour la réputation de ma sœur, j'ai évité tout éclat, mais Mr. Wickham a quitté Ramsgate sur-le-champ. Son but principal était indubitablement de mettre la main sur la fortune de ma sœur, qui s'élève à trente mille livres, mais je ne peux pas m'empêcher de penser qu'il avait aussi le désir de se venger de moi. Et, de fait, cette vengeance aurait été totale !

Voilà, madame, un récit sincère de tous les démêlés que nous avons eus ensemble. L'ayant lu, vous m'acquitterez, je l'espère, de votre accusation de cruauté envers Mr. Wickham. Pour confirmer ce que je viens d'écrire, je peux en appeler au témoignage du colonel Fitzwilliam qui, ayant été un des exécuteurs testamentaires de mon père, a connu les moindres détails de ces transactions. Même si votre haine pour moi vous empêche de me croire, vous ne pourrez pas douter de sa parole. Afin que vous puissiez le consulter, je tâcherai de vous remettre cette lettre dans la matinée.

J'ajouterai seulement : Dieu vous bénisse !

FITZWILLIAM DARCY.

36

En recevant cette lettre, Elizabeth n'avait aucune idée de ce qu'elle contenait. On peut imaginer les émotions que lui causa sa lecture. D'abord, elle fut étonnée que Darcy cherche à se justifier, puis commença le récit de ce qu'il s'était passé à Netherfield.

L'assurance qu'il donnait d'avoir cru à l'indifférence de Jane, elle la rejeta sur-le-champ comme fausse. Et le détail des vrais motifs qui l'avaient fait s'opposer à ce mariage la vexa trop pour qu'elle accepte de lui rendre justice : cette lettre, songea-t-elle, donnait une nouvelle preuve de son orgueil et de son insolence.

Mais lorsqu'elle en arriva à Mr. Wickham, qu'elle lut un récit d'événements qui, s'ils étaient vrais, ruinaient toute opinion favorable de lui, et qui ressemblaient tant avec l'histoire qu'il lui avait racontée lui-même, l'étonnement, la crainte, l'horreur la frappèrent. Elle s'efforça de ne rien croire, répéta avec indignation : « Cela est faux ! Oh, voilà la plus noire des calomnies ! » Alors, négligeant les deux dernières pages, elle ferma la lettre, en se disant qu'elle n'en tiendrait pas compte et qu'elle ne la relirait pas.

L'esprit agité par mille pensées déchirantes, elle continua sa promenade et, très vite rouvrit la lettre. Le récit des relations de Wickham avec la famille Darcy correspondait à ce qu'il lui avait lui-même appris, de même que les bontés de feu Mr. Darcy. Mais quand on en arrivait au testament, la différence était si grande qu'il y avait forcément un mensonge d'un côté ou de l'autre. Elle ne savait pas à qui donner raison mais chaque ligne lui démontra que cette affaire était susceptible d'une interprétation qui disculpait entièrement Darcy, ce qu'elle croyait impossible jusqu'alors.

La prodigalité et le manque de principes dont il accusait Wickham la blessèrent d'autant plus qu'elle ne trouva rien qui le contredise. Elle n'avait pas entendu parler de lui avant son arrivée à Meryton et ne savait de sa vie que ce qu'il lui en avait dit. Quant à sa conduite passée… sa belle allure, sa mine, ses manières l'avaient persuadée au premier coup d'œil qu'il possédait toutes les vertus. Elle essaya de se rappeler quelques éléments opposés à ce qu'avançait Darcy mais, à son grand dam, ne trouva rien.

Elle reprit donc sa lecture, mais hélas ! l'histoire qui suivait, de ses desseins sur Miss Darcy, avait reçu par avance une sorte de confirmation pas plus tard que la veille. Un instant, elle eut envie de consulter le colonel, puis se dit que Darcy ne lui aurait pas suggéré de le faire s'il n'avait pas été sûr de ses réponses.

Combien, d'un coup, tout ce qui concernait Wickham lui parut différent ! Ses attentions pour Miss King étaient dictées par les vues les plus vénales, son comportement envers elle avait résulté d'une erreur d'appréciation sur sa fortune. Toute idée favorable disparut et, à l'inverse, elle dut s'avouer que si les manières de Darcy étaient fières et désagréables, elle n'avait jamais rien décelé en lui qui révèle un homme injuste et sans principes. Ses réflexions la firent rougir : elle eut honte de s'être montrée ridicule.

« Comment, se dit-elle, ai-je pu aussi mal agir, moi qui me pique d'être intelligente et subtile, et qui me moque de la généreuse naïveté de ma sœur. J'ai été aveugle et c'est la vanité qui a causé ma cécité ! Flattée par les attentions de l'un, vexée par la négligence de l'autre, je me suis abandonnée aux préjugés les plus injustes. »

Elle revint alors aux explications de Darcy sur Jane et Bingley. L'impression que produisit cette seconde lecture fut bien différente. Il affirmait n'avoir jamais soupçonné les vrais sentiments de Jane, ce qu'elle s'était refusée à croire. Elle se souvint de ce que Charlotte lui avait dit, et dut admettre que sa sœur, même quand elle était en proie aux affections les plus vives, renfermait tout en elle-même.

Quand elle en revint au passage de la lettre qui parlait de sa famille d'une manière si peu favorable, elle fut encore plus mortifiée que la première fois car elle sentit à quel point les critiques de Darcy étaient justifiées. À elle aussi, le comportement de sa mère lors du bal avait fait très mauvaise impression. Le compliment qui lui était adressé ainsi qu'à Jane n'en prit que plus de valeur mais il n'atténua pas sa douleur de penser que les chagrins de sa sœur chérie avaient été l'œuvre de ses plus proches parents.

Elle se promena encore pendant plus de deux heures, tout occupée à s'habituer à un changement dans ses opinions aussi soudain et si important, puis décida de retourner au presbytère, bien résolue à paraître aussi gaie que de coutume.

37

Les deux gentlemen quittèrent Rosings le lendemain matin. Mr. Collins se hâta d'aller au château pour consoler Lady Catherine et sa fille de ce départ. À son retour, il eut la satisfaction d'annoncer que cette noble dame voulait qu'ils viennent tous dîner avec elle.

Elizabeth ne put voir Lady Catherine sans sourire à la pensée que, si elle l'avait voulu, elle se serait présentée à elle comme sa future nièce. Imaginer son indignation l'amusa toute la soirée.

Après le dîner, Sa Seigneurie nota que Miss Bennet semblait moins gaie que d'habitude mais, aussitôt, elle expliqua elle-même son humeur en supposant qu'elle voyait approcher le moment de son départ de Hunsford avec peine.

— S'il en est ainsi, ajouta-t-elle, il faut écrire à votre mère, et la prier de vous laisser ici encore pour quelque temps !

— Vous êtes trop bonne, madame, dit Elizabeth sobrement, mais il me faut suivre mon premier plan.

Lady Catherine parut se résigner d'autant qu'elle avait bien des questions à poser concernant leur voyage. Comme elle ne répondit pas à toutes elle-même, il fallut accorder quelque attention à ses propos. Ce fut heureux pour Elizabeth car elle était tellement préoccupée qu'elle aurait pu oublier où elle était.

C'est dans la solitude qu'on peut se livrer à la réflexion : aussi ne se passa-t-il pas un jour sans qu'elle sorte se promener seule et s'abandonne à l'évocation des mauvais souvenirs. Elle sut bientôt la lettre de Mr. Darcy pratiquement par cœur. Lorsqu'elle se rappelait la manière dont il lui avait fait sa déclaration, son indignation demeurait vive. Mais lorsqu'elle songeait combien les reproches qu'elle lui avait adressés étaient injustes et mal fondés, sa colère se tournait contre elle-même. Et la peine que son refus devait lui avoir causée devenait une occasion de compassion. L'attachement de Darcy lui inspirait de la reconnaissance, sa personnalité, de l'estime, mais, à aucun moment, elle ne put se repentir de l'avoir refusé comme époux ni éprouver le plus petit désir de le revoir.

Au cours de cette dernière semaine, les visites à Rosings furent aussi fréquentes que durant les premiers temps de son séjour. La toute dernière soirée se passa là. Sa Seigneurie s'informa encore minutieusement des détails de leur voyage, leur apprit comment leurs affaires devaient être empaquetées, et insista si fort sur la nécessité de plier les robes de la seule manière adéquate, que Maria, à son retour au presbytère, se vit obligée de défaire tout ce qu'elle avait fait le matin afin de suivre ses instructions.

Quand elles se séparèrent, Lady Catherine, avec beaucoup de grandeur, leur souhaita un bon voyage et les invita à revenir à Hunsford l'année prochaine. Miss de Bourgh, de son côté, alla même jusqu'à faire la révérence et à leur tendre la main. À toutes les deux.

38

Le samedi matin, Mr. Collins fit ses derniers compliments.

— Soyez sûre, dit-il à Elizabeth, que nous sentons vivement la faveur que vous nous avez accordée, et croyez que nous avons fait tout le possible pour rendre votre séjour agréable.

Elizabeth le remercia vivement. Elle avait passé six semaines très plaisantes, et l'agrément d'être avec Charlotte, outre toutes les prévenances qu'elle avait reçues, lui faisait sentir que c'était à elle de remercier. Mr. Collins parut flatté et reprit :

— Heureusement nous avons pu vous présenter aux nobles habitants de Rosings. Je crois pouvoir me flatter que vous n'avez aucun sujet de regretter votre temps. Nos relations avec la famille de Bourgh sont un avantage dont peu de gens peuvent se vanter. Il me semble que vous pourrez établir un rapport bien favorable sur nous dans le Hertfordshire. Vous avez été témoin des soins que Lady Catherine ne cesse de prodiguer à Mrs. Collins, et tout considéré, j'ai lieu de croire que ma chère Charlotte et moi, n'avons qu'un cœur, qu'un esprit. Nos goûts, nos sentiments sympathisent en tout, il semble que nous soyons nés l'un pour l'autre.

Elizabeth ajouta qu'elle croyait fermement à son bonheur mais fut assez satisfaite d'en voir le récit interrompu par l'arrivée de celle qui en était la source. Pauvre Charlotte ! il était triste de l'abandonner à un tel mari mais, enfin, elle l'avait choisi, et bien qu'elle paraisse affligée par le départ de son amie, elle ne semblait pas demander sa pitié. Sa maison et son ménage, sa paroisse et sa basse-cour avaient encore le charme de la nouveauté.

Enfin la chaise de poste arriva. Les malles et les paquets y furent installés. Après un adieu fort tendre entre les deux amies, Elizabeth fut chargée par Mr. Collins de tous ses respects pour sa famille. Puis il lui donna la main pour monter en voiture, Maria la suivit. La portière fut fermée et elles partirent.

— Que le temps a passé vite ! s'écria Maria, au bout d'un moment. Il me semble qu'il n'y a que quelques jours que nous avons quitté le Hertfordshire, et pourtant, tant de choses se sont passées depuis !

— Oui, vraiment, dit sa compagne en soupirant.

— Nous avons dîné neuf fois à Rosings ! Que de choses j'aurai à dire.

« Et moi, songea Elizabeth, que de choses j'aurai à ne pas dire ! »

Le voyage se fit sans événement remarquable et, quatre heures après leur départ de Hunsford, elles arrivèrent à la maison de Mr. Gardiner, où elles devaient rester quelques jours. Jane paraissait aller bien et Elizabeth eut peu l'occasion d'étudier son moral, trop occupée par les nombreuses distractions que leur tante avait prévues. Mais puisque Jane devait rentrer avec elle à Longbourn, elle pensa qu'elle aurait tout le loisir de l'observer par la suite.

39

Ce fut dans la seconde semaine de mai, que Jane, Elizabeth et Maria quittèrent Gracechurch Street pour rejoindre la ville de ***, dans le Hertfordshire. Comme elles approchaient de l'hôtel où il était convenu que la voiture de Mr. Bennet les attendrait, elles aperçurent,

Kitty et Lydia à une fenêtre du premier étage. Ces demoiselles étaient en ville depuis une heure mais avaient agréablement occupé leur temps dans le magasin de mode qui se trouvait de l'autre côté de la rue.

Après avoir souhaité le bonjour à leurs sœurs, elles montrèrent d'un air triomphant une table couverte de viandes froides.

— Nous comptons vous inviter, dirent-elles, mais il faut que vous nous prêtiez de l'argent, car nous venons de dépenser le nôtre dans ce magasin. Pour ma part, j'ai acheté un chapeau, pas joli, mais je le déferai et je verrai si je peux l'arranger. D'ailleurs, qu'il soit beau ou pas, peu importera après le départ du régiment… Il nous quitte dans quinze jours.

— Est-ce bien vrai ? dit Elizabeth avec satisfaction.

— Oui, il va être cantonné près de Brighton. Oh ! si papa voulait bien nous y amener ! Sinon nous passerons un été bien triste.

« Brighton ! il ne nous manque plus que cela », pensa Elizabeth.

— Maintenant j'ai une nouvelle pour vous, enchaîna Lydia. Elle est des plus agréables, et concerne une personne que nous aimons.

Mary et Elizabeth se regardèrent sans deviner.

— Elle concerne notre cher Wickham. Il n'épouse pas Mary King qui est allée vivre chez son oncle à Liverpool. Il est encore libre.

— Et Mary King, ajouta Elizabeth, évite un mariage bien imprudent pour sa fortune !

— J'espère qu'ils n'étaient pas fort attachés l'un à l'autre, dit Jane.

— Oh ! je suis sûre que Wickham n'était pas amoureux, dit Lydia. Il ne s'est jamais soucié d'elle. Qui pourrait aimer un tel laideron ?

Elizabeth rougit en songeant que, même si elle était incapable de tenir un langage aussi grossier, les sentiments qu'elle avait autrefois crus justes et généreux étaient ceux que Lydia venait d'exprimer.

Dès qu'elles eurent fini leur repas, les deux aînées payèrent et les cinq demoiselles, leurs malles, leurs paquets, et les emplettes de Kitty et de Lydia prirent place tant bien que mal dans la voiture.

Leur réception à Longbourn fut des plus tendres. Mrs. Bennet se réjouit en voyant Jane aussi belle que de coutume, et plus d'une fois, pendant le dîner, Mr. Bennet dit à Elizabeth : « Que je suis content de te revoir, ma Lizzy ! »

Elizabeth ne fut pas longue à remarquer que le projet de séjour à Brighton, dont Lydia avait parlé, était l'objet de vives discussions entre ses parents. Elizabeth vit que son père n'avait pas l'intention de céder, mais ses réponses étaient si vagues et si équivoques, que Mrs. Bennet ne perdait pas tout espoir de réussir à le convaincre.

40

Elizabeth était impatiente de raconter à Jane ce qui lui était arrivé. En cachant les détails qui la concernaient, et après l'avoir prévenue qu'elle lui allait causer une rude surprise, elle lui raconta la scène entre elle et Mr. Darcy. L'étonnement de Jane fut diminué par son affection pour Elizabeth, qui la portait à trouver naturel tout ce qui était à l'avantage de cette dernière. Elle fut désolée de la manière dont Mr. Darcy avait fait sa demande, et peinée du chagrin que lui avait sans doute causé le refus de sa cadette.

— Paraître aussi certain de réussir était maladroit, dit-elle, mais songe combien cela a dû accroître sa déception et son dépit !

— Je le plains, dit Elizabeth, mais il a d'autres sentiments qui auront tôt fait de vaincre son amour pour moi.

Après quoi, elle en vint à la journée du lendemain et à la lettre, répétant tout ce qui concernait Wickham. Quel coup ce fut pour cette bonne Jane, elle qui aurait volontiers passé le restant de sa vie sans croire qu'il existait sur terre autant de méchanceté. Apprendre l'innocence de Mr. Darcy lui fit bien plaisir mais ne put pas la consoler de la triste découverte qu'elle venait de faire sur Mr. Wickham.

— Se peut-il qu'il soit si pervers ? C'est presque incroyable. Et ce pauvre Darcy, ce qu'il a dû souffrir du mépris que tu avais pour lui !

— Je croyais être maligne en le haïssant sans motif. Mais maintenant, il faut me dire si je dois ou non révéler quel personnage est vraiment Mr. Wickham.

Jane réfléchit quelques instants, puis elle répondit :

— Il n'y a pas de raisons pour rendre ses torts publics.

— C'est aussi mon avis. D'autant que Mr. Darcy ne m'a pas autorisée à parler de ce qu'il m'a confié. Il veut garder secrète l'affaire qui regarde sa sœur. Et puis qui me croirait ? Tout le monde aime Wickham et déteste Darcy. Il sera bientôt parti, et alors il importera peu qu'on sache ou non ce qu'il est.

— Tu as raison, divulguer ses fautes l'empêcherait de se racheter.

Cette conversation apaisa un peu l'agitation d'Elizabeth. Elle la libérait de deux secrets mais il lui en restait un à porter puisque, par prudence, elle devait cacher encore à son aînée combien elle avait été chère à Mr. Bingley.

Par la suite, elle eut le loisir d'étudier les sentiments de sa sœur. Jane n'était pas heureuse : elle nourrissait encore un tendre attachement pour Bingley. Son amour pour lui avait toute la vivacité d'une première inclination mais, à cause de l'âge et du caractère de Jane, il était plus solide que ne le sont d'habitude les premières affections de ce genre. Elle chérissait son souvenir avec tant de ferveur et le préférait si nettement à tous les autres hommes, que toute l'affection qu'elle avait pour ses proches pouvait à peine l'empêcher de s'abandonner à des regrets qui auraient nui à sa santé et chagriné ceux qui l'aimaient.

41

La première semaine après le retour s'écoula rapidement. La deuxième commença, et le lundi suivant devait voir partir le régiment. Toutes les demoiselles de Meryton et des environs étaient inconsolables. Les deux aînées de la famille Bennet étaient les seules à pouvoir encore boire, manger, dormir, et vaquer à leurs occupations. Kitty et Lydia, dont la douleur était extrême, leur reprochaient souvent cette indifférence et leur peu de sensibilité.

— Ô ciel ! qu'allons-nous devenir ? disaient-elles.

— Si seulement nous pouvions aller à Brighton, ajoutait Lydia, mais papa est si méchant !

— Des bains de mer feraient merveille pour mes pauvres nerfs, renchérissait Mrs. Bennet.

Ces plaintes, on les entendait sans cesse à Longbourn. Elizabeth s'attrista de ces ridicules qui lui firent sentir plus vivement la justesse des reproches de Mr. Darcy. Mais bientôt le désespoir de Lydia fit place à la joie car Mrs. Forster l'invita à l'accompagner à Brighton. Cette inappréciable amie était la toute jeune épouse du colonel du régiment. Elle et Lydia se connaissaient depuis seulement trois mois mais étaient intimes depuis deux.

Le ravissement de Lydia, la joie de Mrs. Bennet et le dépit de Kitty peuvent difficilement s'exprimer. Quant à Elizabeth, cette invitation fut loin de lui plaire. Elle alla prier son père de ne pas la laisser partir, pointant le peu d'avantages que sa jeune sœur tirerait d'un séjour dans un lieu comme Brighton.

— Allons, elle ne pourra pas faire de mal, répondit Mr. Bennett.

— Si vous saviez, dit Elizabeth, le tort que nous ont déjà fait l'étourderie et le mépris des bienséances de Lydia, vous jugeriez différemment. Ils nuisent à votre réputation et à celle de votre famille. Si vous ne prenez pas la peine de réprimer les mauvais penchants de Lydia, à seize ans, elle sera une parfaite coquette et se rendra ridicule, avec sa famille, aux yeux de la bonne société. Une coquette des plus quelconques, du reste, sans autre charme que la jeunesse et un peu de beauté mais ne possédant ni l'esprit ni le talent pour se protéger du mépris auquel son désir de plaire l'exposera. Kitty court les mêmes dangers, car elle suit l'exemple de Lydia. Toutes deux vaines, ignorantes, paresseuses et mal élevées, elles seront méprisées partout – et leurs sœurs partageront leur sort !

Mr. Bennet, la voyant affectée, lui prit la main et répondit :

— Ne t'afflige pas, mon enfant, Jane et toi ne paraîtrez jamais moins à votre avantage, parce que vous avez deux sœurs bien sottes. Nous n'aurons pas la paix si Lydia ne va pas à Brighton. Qu'elle y aille ! Le colonel Forster saura veiller sur elle, d'autant qu'elle est trop pauvre pour être la proie d'un aventurier. À Brighton, on la remarquera moins qu'ici car les officiers trouveront des femmes plus intéressantes. Qui sait, ce voyage lui fera peut-être comprendre son peu de mérite ? Et, en tout cas, elle ne peut pas devenir pire.

Elizabeth dut se contenter de cette réponse.

La veille du départ, elle dut voir Wickham pour la dernière fois car il vint dîner avec d'autres officiers. Elle l'avait croisé depuis son retour mais l'avait gardé à distance. Elle était si peu disposée à se séparer de lui en bons termes que, lorsqu'il vint la questionner sur son séjour dans le Kent, elle lui parla de la visite qu'y avaient faite le colonel Fitzwilliam et Mr. Darcy. Il parut surpris et mécontent mais se reprit très vite et affirma que le colonel était un homme aimable

— Ses manières sont différentes de celles de son cousin, dit-il.

— Oui, mais je trouve que Mr. Darcy gagne à être connu.

— Vraiment ! s'écria Wickham, en jetant sur Elizabeth un regard inquiet. Bah ! Sans doute s'est-il montré plus poli qu'à son habitude. Mais je doute fort que ses principes soient changés.

— Oh ! non, ses principes sont ce qu'ils ont toujours été.

Wickham ne sut trop s'il devait se réjouir de ces paroles ou s'en défier. Elizabeth comprit qu'il allait encore renouveler ses plaintes contre Mr. Darcy mais comme elle n'était pas d'humeur à l'écouter, elle le salua de la tête et s'éloigna. Pendant le reste de la soirée, il ne chercha plus à s'approcher d'elle et ils se quittèrent avec civilité et, peut-être, un désir mutuel de ne pas se revoir.

Quand les invités s'en allèrent, Lydia suivit Mrs. Forster à Meryton d'où elle devait partir le lendemain matin. La séparation avec la famille fut plus bruyante que triste : Kitty fut la seule à verser des larmes, et encore pleurait-elle de colère.

42

Hormis le départ de Wickham, le déménagement du régiment offrit peu de sujets de satisfaction à Elizabeth. Les soirées dehors étaient moins gaies qu'avant et, à la maison, elle avait une mère et une sœur dont les lamentations perpétuelles sur la tristesse de tout rendaient le cercle de famille peu agréable. Par bonheur, il lui restait la perspective du voyage dans le District des Lacs.

Deux semaines après le départ de Lydia, cependant, la santé, la bonne humeur et la gaieté reparurent à Longbourn. Tout prit un tour plus riant : les voisins qui avaient passé l'hiver à Londres revenaient, et la mode d'été et les invitations commençaient à accaparer l'attention. Vers la mi-juin, Kitty fut de nouveau capable d'aller à Meryton sans fondre en larmes dès qu'elle y entrait.

La date fixée pour l'excursion dans le nord approchait rapidement lorsqu'une lettre de Mrs. Gardiner apporta à Elizabeth la fâcheuse nouvelle que leur voyage était non seulement différé, mais encore abrégé. Mr. Gardiner était dans l'impossibilité de partir avant la mi-juillet et ne pouvait être absent qu'un mois. Comme ce temps très court ne permettait pas d'aller aussi loin que prévu, il fallait renoncer aux Lacs et se contenter d'une excursion moins longue avec le Derbyshire comme limite au nord. Il est vrai qu'il y avait assez dans ce comté pour les occuper pendant trois semaines outre que l'endroit offrait à Mrs. Gardiner un charme particulier puisqu'elle y avait passé plusieurs de ses plus belles années. Elizabeth, qui désirait beaucoup voir le District des Lacs, fut déçue. De plus le mot Derbyshire ranima en elle bien des souvenirs : comment le lire sans penser à Pemberley et à son propriétaire ?

« Tout de même, se dit-elle, je peux aller dans cette province et y dérober quelques spécimens de dolomite sans qu'il me voie faire. »

De longues semaines devaient encore s'écouler avant l'arrivée de son oncle et de sa tante mais, finalement, elles passèrent. Mr. et Mrs. Gardiner arrivèrent à Longbourn avec leurs quatre enfants, deux filles et deux garçons, tous très jeunes, qui seraient laissés aux soins de Jane. Ils repartirent dès le lendemain avec Elizabeth.

Oxford, Blenheim, Warwick, Kenilworth, Birmingham sont les lieux remarquables dans lesquels ils s'arrêtèrent avant d'arriver dans la ville de Lambton où Mrs. Gardiner avait résidé autrefois et où elle avait des amis. Pemberley était à cinq miles de là, et un soir, en préparant l'excursion du lendemain, Mrs. Gardiner souhaita revoir ce château. Elizabeth fut embarrassée, elle savait qu'elle ne devait pas y aller mais comment l'éviter ? L'éventualité d'y rencontrer Mr. Darcy lui vint à l'esprit et cette idée la fit rougir. Elle décida qu'elle en parlerait à sa tante s'il n'était pas certain que Mr. Darcy était absent de chez lui. Le soir, elle demanda à la femme de chambre si les propriétaires de Pemberley étaient au domaine. Une réponse négative apaisa ses craintes. Il fut donc décidé qu'ils iraient.

43

Quand ils passèrent la grille de Pemberley, l'émotion d'Elizabeth était grande mais ne l'empêcha pas de voir qu'il s'agissait d'un site remarquable. Après avoir monté pendant un demi-mile, ils atteignirent un plateau d'où on découvrait le château. C'était un beau bâtiment situé sur la pente d'un coteau. Devant, au fond d'un vallon, coulait une rivière assez large. Elizabeth dut admettre qu'elle n'avait jamais vu un endroit plus favorisé par la nature et où la main de l'homme était intervenue avec autant de goût. Elle songea qu'être la maîtresse des lieux pouvait avoir quelque prix.

Ils traversèrent un pont et arrivèrent à la porte. Ses craintes d'y rencontrer le propriétaire revinrent la tourmenter et elle frémit à l'idée que la fille d'auberge pouvait s'être trompée. Ils demandèrent à voir la maison, on les admit dans le vestibule où la femme de charge qui devait la leur faire visiter les rejoignit. C'était une vieille femme bien moins arrogante et plus polie qu'elle s'y était attendue.

Ils la suivirent dans les différentes pièces où Elizabeth constata avec admiration que l'ameublement répondait à la fortune du propriétaire mais que le goût n'avait pas été sacrifié à la richesse : tout y était moins splendide, mais plus élégant qu'à Rosings.

Elle désirait beaucoup demander à leur guide si son maître était vraiment absent mais n'en avait pas le courage. La question fut enfin posée par son oncle, et toute tremblante elle détourna les yeux pendant que Mrs. Reynolds répondait que oui, mais qu'on l'attendait le lendemain avec de nombreux amis. Elizabeth se félicita de ne pas être venue un jour plus tard.

— Voici le portrait de mon maître, dit Mrs. Reynolds en montrant une miniature.

— Lizzy, dis-nous s'il est flatté ou non ! lança Mrs. Gardiner.

— Mademoiselle connaît Mr. Darcy ? demanda Mrs. Reynolds. Ne trouvez-vous pas qu'il est vraiment bel homme ?

— Oui, certainement.

Elle leur montra ensuite un portrait de Miss Darcy.

— Est-elle aussi bien que son frère ? s'enquit Mrs. Gardiner.

— Oh ! oui, madame. La demoiselle la plus accomplie qui soit !

— Votre maître habite-t-il beaucoup Pemberley ? intervint Mr. Gardiner

— Pas autant que je le désirerais, monsieur.

— S'il se décidait à se marier, vous le verriez plus souvent !

— Je le pense aussi, monsieur, mais je ne sais quand cela se fera. Il trouvera difficilement une femme qui soit digne de lui.

Elizabeth ne put s'empêcher de dire :

— Voilà qui est faire de lui un bien grand éloge.

— Je dis la simple vérité, mademoiselle, et tous ceux qui le connaissent seront du même avis. Voyez-vous, jamais il ne m'a parlé durement ni donné un ordre d'un ton déplaisant. Pourtant, il avait tout juste quatre ans lorsque je suis entrée ici.

Cette louange était bien opposée aux idées d'Elizabeth car jamais elle n'avait douté qu'il soit d'une humeur dure et hautaine.

— Quelques personnes disent qu'il est fier, risqua-t-elle.

— Je ne m'en suis jamais aperçue ; mais peut-être le croit-on tel parce qu'il ne parle pas sans rime ni raison, comme le font la plupart des jeunes gens.

Ils virent encore deux ou trois chambres à coucher et finirent par la galerie de tableaux. Elizabeth s'arrêta de nouveau devant le tableau que leur avait signalé Mrs. Reynolds. Elle se trouvait dans de bien meilleures dispositions d'esprit envers le modèle qu'elle n'en avait jamais éprouvé depuis qu'elle le connaissait. Le témoignage de la vieille domestique l'avait émue. Il y avait tant de gens dont le bonheur dépendait de lui ! Que de bien ou de mal il pouvait faire ! Elle pensa alors au sentiment qu'il avait pour elle avec gratitude et, oubliant les circonstances de sa déclaration qui l'offensaient tant naguère, ne songea plus qu'à ce qui pouvait accroître son estime pour lui.

Ils avaient pris congé de Mrs. Reynolds qui les avait confiés au soin du jardinier quand, alors qu'ils traversaient la pelouse pour se rendre à la rivière, Elizabeth se retourna pour regarder à nouveau le château. À cet instant, son propriétaire se montra au détour du chemin menant aux écuries. Il apparut si brusquement, à moins de vingt pas de distance, qu'elle ne put pas faire semblant de ne pas le voir. Leurs yeux se rencontrèrent et leurs joues devinrent rouge vif. Il sursauta et, un bref moment, demeura immobile, comme pétrifié de surprise. Il se reprit cependant et, s'avançant vers les voyageurs, s'adressa à Elizabeth avec une parfaite politesse.

Elle reçut ses compliments avec un embarras qu'elle ne parvint pas à dissimuler. Les Gardiner le reconnurent aussitôt, et la surprise du jardinier confirma qu'ils avaient bien affaire au maître de céans. Ils se tinrent à l'écart pendant qu'il parlait à leur nièce, qui, confuse et étonnée, osait à peine lever les yeux sur lui et bafouillait ses réponses aux questions polies qu'il lui posait sur sa famille. Ses manières, si différentes de celles d'autrefois, l'ébahissaient en même temps que la sensation d'inconvenance qu'il y avait à se trouver chez lui grandissait dans son esprit. Le peu de temps que dura cette conversation fut peut-être le moment le plus désagréable de sa vie.

Lui ne paraissait pas plus à l'aise qu'elle et son ton n'avait pas sa fermeté ordinaire. Il demanda plusieurs fois combien de temps elle devait passer dans le

Derbyshire, ce qui suffisait à montrer qu'il était troublé. Finalement, les idées semblèrent lui manquer, et après être resté quelques instants sans rien dire, il prit congé d'elle.

Les Gardiner la rejoignirent. Ils louèrent la belle allure de Mr. Darcy mais Elizabeth ne les entendit pas et les suivit en silence. Elle était accablée de honte et de tristesse. Qu'allait-il penser de sa visite à Pemberley ? Quelle idée un homme aussi orgueilleux allait-il se faire de sa démarche ? Ne donnait-elle pas l'impression de s'être jetée délibérément sur son chemin ? Oh ! Pourquoi avait-elle accepté de venir ? Pourquoi était-il arrivé un jour plus tôt ?

Elle songeait aussi aux changements dans ses manières. Qu'il ait daigné lui adresser la parole était déjà surprenant, mais lui parler avec tant de gentillesse et de douceur, voilà qui était inédit. Sans voir le paysage superbe qu'offrait le parc, elle était absorbée par Mr. Darcy. Ah ! comme elle aurait aimé savoir ce qui se passait dans son esprit, ce qu'il pensait d'elle, et si malgré tout, elle lui était encore chère ! À la fin cependant, les remarques de ses compagnons ramenèrent son attention à ce qui l'entourait.

Ils entrèrent dans le bois, parcoururent les parties du parc les plus élevées, revinrent par une pente douce au bord de la rivière qu'ils traversèrent sur un petit pont. Mrs. Gardiner, qui ne marchait pas souvent, déclara alors qu'elle ne pouvait pas aller plus loin. Ils dirigèrent donc leurs pas vers le château mais leur marche fut lente car Mr. Gardiner, qui aimait passionnément la pêche, était si occupé à guetter les apparitions des truites dans les eaux limpides qu'il avançait tout doucement.

Au bout d'un moment, ils virent Mr. Darcy qui venait vers eux. Elizabeth pensa qu'il se détournerait mais il vint jusqu'à elle et demanda si elle lui ferait l'honneur de le présenter à ses amis. Elle ne s'y attendait pas et sourit en songeant qu'il cherchait à connaître ces gens contre lesquels son orgueil s'était tellement révolté.

Elle fit la présentation aussitôt, et, en signalant leur degré de parenté, garda l'œil sur lui. Elle s'attendait à le voir s'éloigner au plus vite d'une société peu reluisante mais elle se trompait. Passé un premier moment de surprise, il se comporta avec courage et, loin de les fuir, revint sur ses pas tout en causant avec Mr. Gardiner. Elizabeth fut satisfaite : il était consolant pour elle qu'il sache qu'elle avait aussi des parents dont elle n'avait pas à rougir.

Elle entendit Mr. Darcy inviter Mr. Gardiner à venir pêcher aussi souvent qu'il le voudrait, offrant de lui prêter l'équipement nécessaire et de lui montrer les endroits les plus poissonneux, ce qui lui causa un plaisir réel car, à n'en pas douter, c'était pour elle que Mr. Darcy se comportait ainsi. « Se peut-il que ce soit pour mériter mon estime qu'il a tant adouci son orgueil ? se dit-elle. Les reproches que je lui ai adressés peuvent-ils lui avoir fait une si forte impression ? Serait-il possible qu'il m'aime encore ? »

Après quelque temps, Mrs. Gardiner réclama le bras de son mari. Mr. Darcy la remplaça auprès d'Elizabeth qui s'empressa de lui dire qu'elle était venue à Pemberley avec la certitude de ne pas l'y rencontrer. Il confirma que son arrivée n'était prévue que pour le lendemain mais qu'il avait dû devancer d'une journée ses compagnons de voyage :

— Ils me rejoindront demain, continua-t-il, et parmi eux vous retrouverez quelques-uns de vos amis, Mr. Bingley et ses sœurs.

Une légère inclination de tête fut toute la réponse d'Elizabeth.

— Avec eux, continua-t-il, se trouve une autre personne qui désire faire votre connaissance. Voulez-vous me permettre de vous présenter ma sœur pendant votre séjour à Lambton ?

La surprise que cette demande causa à Elizabeth fut si grande qu'elle ne sut même pas comment elle accepta. Le désir de Miss Darcy de la connaître n'avait pu lui être inspiré que par son frère. Il était flatteur pour elle de voir que, malgré ce qu'elle lui avait dit à Hunsford, il ne l'avait pas jugée défavorablement.

Ils rejoignirent la voiture sans rien dire d'autre et se quittèrent avec la plus parfaite politesse. Mr. Darcy donna la main à ces dames pour monter en voiture. On partit et Mr. et Mrs. Gardiner dirent qu'ils l'avaient trouvé fort supérieur à l'idée qu'ils s'en étaient faite.

— Il est sans prétention, dit Mr. Gardiner, poli et aimable.

— Je ne me suis pas aperçue qu'il était fier, ajouta Mrs. Gardiner. D'où vient que tu nous as parlé de lui en termes si peu favorables ?

— Au début, je l'avais mal jugé, répondit-elle. Dans le Kent, il m'a plu davantage mais je ne l'avais jamais vu aussi aimable.

— Si je jugeais d'après l'impression qu'il m'a causée, dit sa tante, je ne croirais pas qu'il se soit aussi mal conduit envers Wickham.

Elizabeth se sentit obligée de le défendre. Elle laissa entendre qu'elle avait appris que sa conduite à l'égard de Wickham pouvait s'interpréter autrement et qu'on pouvait croire que Darcy n'était pas aussi mauvais et Wickham aussi aimable qu'on l'avait pensé.

Cela surprit et chagrina Mrs. Gardiner mais elle y pensa peu car la suite de l'excursion se fit dans des lieux qui avaient été les témoins de son enfance. Toute à son ravissement, elle ne songea pas à autre chose. Après le dîner, ils virent ses anciennes connaissances, et la soirée joyeusement se passa avec eux. Les événements du jour, toutefois, empêchèrent Elizabeth d'accorder beaucoup d'attention à ces nouveaux amis. Elle songeait avec une surprise renouvelée au désir de Darcy de lui présenter sa sœur.

44

Elizabeth s'était imaginé que Mr. Darcy lui amènerait sa sœur Georgina le lendemain de son arrivée à Pemberly mais ses prévisions étaient fausses puisque ce fut le jour même qu'ils vinrent.

Elle rentrait tout juste à l'auberge avec les Gardiner afin de s'y changer pour le dîner quand le bruit d'une voiture les attira à la fenêtre. Ils virent un monsieur et une dame dans un cabriolet qui remontait la rue. Elizabeth reconnut aussitôt la livrée du cocher et annonça les visiteurs à son oncle et à sa tante. Ces derniers furent stupéfaits et, alors qu'ils n'y avaient jamais pensé, ils supposèrent que ces attentions résultaient d'un faible qu'il avait pour leur nièce.

De son côté, Elizabeth s'étonnait de la vivacité de son émotion mais, parmi les causes de son inquiétude il y avait la crainte que le frère ait exagéré ses mérites et la peur de décevoir la sœur.

Miss Darcy et son frère parurent, et la fameuse présentation eut lieu. À son grand étonnement, Elizabeth remarqua que sa nouvelle relation était aussi embarrassée qu'elle. Elle avait entendu dire qu'elle était extrêmement fière ; un moment d'observation lui fit comprendre qu'elle était excessivement timide. Il était difficile d'obtenir d'elle un mot de plus d'une syllabe.

Miss Darcy était grande et plus forte qu'Elizabeth, et bien qu'elle eût seulement seize ans, elle avait l'allure d'une femme et beaucoup de grâce. Elle n'avait pas la beauté de son frère mais l'intelligence et la bonne humeur se lisaient sur son visage et ses façons étaient cordiales et dépourvues de prétention.

Ils n'étaient pas ensemble depuis longtemps quand Darcy annonça que Mr. Bingley allait les rejoindre et, de fait, on ne tarda pas à entendre son pas. La colère d'Elizabeth à son égard était tombée depuis longtemps mais s'il lui en était resté, elle n'aurait pas résisté face à la cordialité non feinte avec laquelle il lui exprima son plaisir de la revoir. Il s'enquit amicalement de sa famille, parla et se comporta avec la même aisance joyeuse qu'à son ordinaire.

De son côté, Elizabeth avait fort à faire. Elle voulait s'assurer des sentiments des visiteurs, retrouver son calme et, surtout, se rendre agréable à tous. Dans cette dernière tâche où elle craignait de ne pas réussir, son succès était pourtant assuré car Bingley était prêt, Georgiana disposée et Darcy décidé à la trouver charmante.

De voir Bingley la fit naturellement penser à Jane. Avec quelle ardeur elle aurait voulu savoir si, au même moment, il faisait de même. Parfois il lui semblait qu'il parlait moins que de coutume, qu'en la regardant il cherchait à trouver une ressemblance. C'était peut-être là le fruit de son imagination mais elle ne pouvait pas se tromper sur sa conduite envers Miss Darcy.

Nul regard, nulle parole, ni d'un côté, ni de l'autre, n'annonçaient un attachement particulier. Rien ne se passait entre eux qui pût justifier les dires de Miss Bingley. En revanche, quelques propos qu'il tint avant la fin de la visite la convainquirent que Jane n'était pas encore oubliée, et que s'il n'en parlait pas, c'est qu'il n'osait pas le faire.

Elle se décida rarement à lever les yeux sur Mr. Darcy mais chaque fois qu'elle l'osa, son air aimable et son langage si poli la persuadèrent que son changement de manières était durable. Jamais, elle ne l'avait vu si désireux de plaire, si peu suffisant qu'en ce moment. Sa transformation était si grande, faisait sur elle une si forte impression, qu'elle pouvait à peine cacher son étonnement.

Les visiteurs demeurèrent une demi-heure, et lorsqu'ils se levèrent pour partir, Mr. Darcy pria Mr. Gardiner et ces dames de leur faire l'honneur de dîner à Pemberley avant leur départ. Mrs. Gardiner acquiesça à cette demande. Le surlendemain fut retenu pour cette invitation. La certitude de les revoir parut agréable à Bingley, ce qu'Elizabeth mit sur le compte de son désir d'entendre parler de Jane.

Après leur départ, Mr. et Mrs. Gardiner se gardèrent bien de faire le moindre commentaire. Tout leur disait que Mr. Darcy était bien mieux connu de leur nièce qu'ils l'avaient imaginé, et qu'il en était même fort épris. Mais ils pensaient aussi que la moindre question à ce sujet serait, de leur part, très indiscrète.

Quant à Elizabeth, ses pensées la transportaient à Pemberley, et même si la soirée lui parut longue, elle ne le fut pas assez pour définir ses sentiments envers un des habitants de ce château. Bien certainement elle ne le haïssait pas ; elle était même honteuse d'avoir éprouvé de la haine pour lui. Le respect et l'estime la portaient désormais à penser à lui avec bienveillance. En outre, elle était reconnaissante de ce qu'il l'aimait encore assez pour lui pardonner l'aigreur avec laquelle elle l'avait refusé et les accusations injustes dont elle avait accompagné ce refus. Les changements qu'elle observait chez lui, alors qu'il s'était montré si fier, elle pouvait seulement les attribuer à l'amour. Cette pensée faisait sur elle une impression des plus agréables. Voilà qu'elle s'intéressait à son bonheur, se demandait à quel point elle désirait que ce bonheur dépende d'elle et s'il serait souhaitable de l'amener à lui faire un nouvel aveu de ses sentiments.

Durant la soirée, il avait été décidé entre la tante et la nièce que la politesse que leur avait faite Miss Darcy devait être imitée et que, par conséquent, elles lui rendraient visite le lendemain matin.

Elles se mirent donc en route pour le château juste après le petit déjeuner. Mr. Gardiner les quitta en chemin car il s'était engagé à rejoindre plusieurs hôtes de Pemberley pour une partie de pêche.

45

Quand elles arrivèrent au château, on fit entrer Mrs. Gardiner et sa nièce dans un salon dont l'exposition au nord était délicieuse en été. Les fenêtres ouvertes jusqu'en bas laissaient apercevoir des collines couronnées de bois et les chênes épars sur la pelouse voisine.

Elles furent reçues par Miss Darcy, qui s'y trouvait avec Mrs. Hurst, Miss Bingley et Mrs. Annesley, la dame avec laquelle elle demeurait à Londres. L'accueil de Georgiana fut parfaitement poli mais accompagné de cet air embarrassé, qui, bien que dû à sa crainte de mal faire, pouvait facilement faire croire qu'elle était fière et réservée. En revanche, elles ne reçurent de Mrs. Hurst et de Miss Bingley qu'une simple révérence assortie d'une froide question de cette dernière sur la santé de sa famille. Elle y répondit brièvement avec une égale indifférence.

Elles s'assirent. Un silence assez déplaisant suivit qui fut heureusement interrompu par Mrs. Annesley, et entre elle et Mrs. Gardiner, avec le secours d'Elizabeth, la conversation se soutint.

Elizabeth s'aperçut bientôt qu'elle était observée par Miss Bingley. Cela ne l'aurait pas empêchée de chercher à causer avec Miss Darcy si elle avait été assise moins loin d'elle, mais elle n'était pas fâchée de ne pas se trouver obligée de parler.

L'arrivée de domestiques avec les plus beaux fruits de la saison incita ces dames à se mettre à table. Pendant qu'elles étaient ainsi occupées, elles virent arriver Mr. Darcy. Il avait été quelque temps avec Mr. Gardiner près de la rivière et l'avait quitté en apprenant que son épouse et sa nièce rendaient visite à Georgiana.

Dès qu'il entra, Elizabeth résolut de paraître calme et à son aise, ce qui lui fut difficile car elle vit bien qu'ils excitaient l'un et l'autre les soupçons de toute la compagnie. Du reste, Miss Bingley choisit le premier moment de silence pour dire, d'un air moqueur :

— Est-il vrai, Miss Eliza, que le régiment a quitté Meryton ? Cette perte a dû être vivement sentie par votre famille.

En présence de Darcy, elle n'osa pas prononcer le nom de Wickham, mais Elizabeth comprit que c'était de lui qu'elle voulait parler. Faisant un effort sur elle-même, elle répondit à cette méchanceté d'un air assez indifférent. En même temps, un coup d'œil lui montra Darcy, dont le teint animé trahissait l'émotion, et sa sœur accablée de honte et n'osant lever les yeux. Si Miss Bingley avait su la peine qu'elle causait à sa chère amie, elle n'aurait sans doute pas fait cette allusion, mais comme son désir se bornait à embarrasser Elizabeth, elle n'approcha pas plus près de Wickham.

La visite ne se prolongea guère et, tandis que Mr. Darcy les conduisait à leur voiture, Miss Bingley soulagea son ennui, en critiquant impitoyablement les manières, la tournure et la toilette d'Elizabeth, mais Georgiana ne voulut pas l'approuver. Son frère la trouvait jolie et aimable, et l'opinion de celui-ci était sacrée pour elle. Lorsque Mr. Darcy revint au salon, Miss Bingley ne put s'empêcher de lui répéter une partie de ce qu'elle venait de dire.

— Eliza Bennet n'est pas en beauté ce matin ! Je n'ai jamais vu quelqu'un changer autant depuis l'hiver. Elle est devenue si brune, si quelconque ! Louisa a avoué qu'elle ne l'aurait pas reconnue !

Mr. Darcy se contenta de répondre d'un air indifférent qu'il n'avait aperçu en Miss Bennet aucun changement, sinon que son teint était hâlé, l'effet peu miraculeux d'un voyage pendant l'été.

— Quant à moi, reprit-elle, je dois avouer que je n'ai jamais pu la trouver jolie ; sa figure est trop maigre, son teint manque d'éclat, et ses traits sont irréguliers. Quant à ses yeux, que parfois on s'est plu à considérer comme si beaux, ils ont une expression dure, méchante même, que je n'aime pas du tout. Et dans toute sa personne, il y a un air de suffisance sans dignité, qui est vraiment insupportable.

Sachant bien que Darcy chérissait Elizabeth, Miss Bingley ne choisissait pas le meilleur moyen de se rendre agréable à ses yeux mais les gens en colère ne sont pas toujours avisés. Voyant qu'il gardait le silence, elle voulut le forcer à parler.

— Je me rappelle que lorsque nous avons fait sa connaissance vous ne l'avez pas du tout trouvée jolie, ajouta-t-elle.

— Oui, répondit Darcy, incapable de se retenir, mais c'était seulement parce que je la connaissais mal. Depuis longtemps je la regarde comme une des plus belles femmes de ma connaissance.

Là-dessus, il sortit, laissant Miss Bingley à sa satisfaction de l'avoir forcé à dire ce qui faisait de la peine à elle seule.

46

Elizabeth avait été déçue en ne trouvant pas une lettre de Jane à son arrivée à Lambton. Cette déconvenue fut réparée le troisième jour par la réception de deux lettres à la fois. L'une d'elles avait traîné en route à cause de l'adresse qui était presque indéchiffrable.

La première était écrite depuis cinq jours. Elle commençait par le récit de visites et de soirées mais la dernière partie, d'une écriture qui trahissait la plus grande agitation et était datée du lendemain, se révéla d'une tout autre teneur.

Quand j'ai cacheté cette lettre il y a quelques heures, je ne m'attendais guère à devoir la rouvrir mais un évé-

nement fâcheux est survenu qui concerne la pauvre Lydia. Un exprès du colonel Forster vient de nous apprendre qu'elle est partie pour l'Écosse avec un des officiers du régiment. Mr. Wickham est cet officier ! Je suis vraiment chagrine : un mariage si imprudent des deux côtés ! Le colonel Forster arrive ici aujourd'hui. Peut-être en saurons-nous plus long bientôt. Adieu, je ne sais plus trop ce que j'écris.

Sans se donner le temps de la réflexion, Elizabeth ouvrit l'autre lettre et lut ce qui suit :

Tu dois avoir reçu la lettre que j'ai écrite à la hâte avant-hier. Chère Lizzy ! je me vois encore obligée de t'apprendre une mauvaise nouvelle. À présent, nous sommes forcés de regretter que le mariage n'ait pas eu lieu, car il semble qu'ils ne soient pas allés à Gretna Green. Le colonel Forster, qui a fait son enquête, pense qu'ils sont à Londres. Notre malheur, chère Lizzy, est bien grand. Notre pauvre mère est vraiment malade, elle garde le lit ; quant à mon père, je ne l'ai jamais vu aussi affecté de sa vie. J'aimerais que tu reviennes au plus vite. Père part à l'instant même pour Londres ; ce qu'il compte y faire, je l'ignore mais dans un tel moment, les conseils de mon oncle lui seraient nécessaires ! Je compte entièrement sur sa bonté et sa tendresse pour nous.

Elizabeth se leva pour rejoindre Mr. Gardiner. Un domestique ouvrit la porte, et Mr. Darcy parut. La pâleur, l'air agité d'Elizabeth le firent sursauter. Avant qu'il puisse parler, elle dit :

— Excusez-moi, mais je suis forcée de vous quitter, il faut que j'aille trouver Mr. Gardiner qui est en visite chez des amis.

— Ô ciel ! qu'est-il donc arrivé ? demanda-t-il avec plus de sensibilité que de politesse. Laissez le domestique aller chercher votre oncle, vous n'êtes pas assez bien pour y aller vous-même.

Elizabeth accepta et John partit, en quête de ses maîtres. Elle semblait aller si mal que Darcy ne put se résoudre à la quitter. La regardant avec la plus douce compassion, il lui dit :

— Vous êtes vraiment bien malade.

— Non, répondit-elle, je n'ai rien mais je reçois à l'instant une lettre de ma sœur qui m'apprend une nouvelle des plus affreuses.

Ici, elle fondit en larmes et, pendant quelques instants, fut incapable de prononcer un seul mot. Darcy voulait en demander davantage, n'osait le faire. Enfin elle rompit le silence :

— Cette affreuse nouvelle, on ne peut la cacher à personne. Ma jeune sœur Lydia s'est enfuie avec Mr. Wickham. Elle est sans fortune, sans relations, sans rien qui puisse engager ce monsieur à l'épouser. Elle est perdue à tout jamais !

Darcy demeura un moment stupéfait avant de hasarder :

— Si je croyais qu'il y ait quelque chose que je puisse faire.

— J'aurais pu éviter ce malheur, dit-elle comme si elle n'avait pas entendu, en disant à ma famille ce que je savais sur son compte ! Hélas ! le mal est fait, à présent !

Darcy se mit à arpenter la pièce à grands pas, le regard fixe, l'air sombre. Elizabeth comprit pourquoi : son sentiment pour elle était en train de disparaître. Tout doit s'évanouir face à un tel déshonneur. Elle ne put ni s'en étonner ni le blâmer. Mais la victoire qu'il remportait sur son faible pour elle la peina en lui faisant comprendre, à la fin, quels étaient ses propres désirs. Elle n'avait jamais aussi bien senti qu'elle aurait pu l'aimer qu'en ce moment, où tout sentiment de tendresse lui était défendu.

— Ayez la bonté de nous excuser auprès de Miss Darcy pour ce soir, demanda-t-elle d'une voix faible. Dites-lui qu'une affaire importante nous oblige à rentrer sur-le-champ.

Il lui exprima la part qu'il prenait à sa peine et, l'ayant priée d'offrir ses respects à Mr. et Mrs. Gardiner, un regard, qui trahissait son émotion, fut son unique adieu. Elizabeth sentit combien il était peu probable qu'ils se revoient jamais avec cette douce cordialité qui avait marqué leurs rencontres dans le Derbyshire, et s'efforça de se cacher à elle-même l'émotion que cela lui faisait éprouver.

Mr. et Mrs. Gardiner revinrent à la hâte, en supposant que leur nièce était malade. Elle les rassura et leur apprit la raison pour laquelle elle les avait fait chercher en leur lisant à haute voix les deux lettres de Jane.

Lydia ne leur avait jamais été très chère mais Mr. et Mrs. Gardiner furent vivement affectés car toute la famille se trouvait impliquée dans sa disgrâce. Passé les premières expressions de surprise et de douleur, Mr. Gardiner promit d'aider les Bennet autant qu'il le pourrait et un départ dans les meilleurs délais fut aussitôt décidé.

— Que faire pour l'invitation à Pemberley ? dit Mrs. Gardiner. John nous a appris que Mr. Darcy était avec vous. Cela est-il vrai ?

— Oui, et je lui ai dit que nous ne pourrions pas tenir notre promesse de venir. Ainsi, tout est réglé !

« Qu'est-ce qui est réglé ? songea sa tante en courant à sa chambre afin de se préparer au départ. Se peut-il qu'ils soient assez proches pour qu'elle ait pu lui confier toute la vérité ? »

Mais elle n'eut pas le loisir d'y penser plus longtemps. Il y avait plus d'une chose à arranger, entre autres écrire à leurs amis de Lambton afin de maquiller de divers prétextes un départ si soudain. Une heure cependant y suffit, et Elizabeth se trouva plus tôt qu'elle ne l'avait espéré assise dans la voiture et sur la route de Longbourn.

47

— Plus je réfléchis à cette affaire, Elizabeth, dit son oncle pendant le voyage, et plus je suis enclin à trouver improbable que Wickham soit assez dépravé pour violer à ce point les lois de l'honneur, de l'amitié. Son propre intérêt le lui défend. Toi-même, Lizzy, peux-tu l'en croire capable ?

— De négliger ses propres intérêts, non, dit Elizabeth. De toute autre chose oui. Sinon pourquoi ne sont-ils pas allés en Écosse ?

— Supposons qu'ils soient à Londres, reprit Mr. Gardiner, comme ils n'ont ni l'un ni l'autre beaucoup d'argent, peut-être ont-ils pensé qu'ils pourraient s'y marier plus économiquement qu'en Écosse.

— Mais alors, pourquoi ce mariage devrait-il rester secret ?... Non ! Wickham n'épousera jamais une femme sans fortune.

— Peux-tu penser que Lydia soit assez aveuglée par sa passion, pour vivre avec lui sans être sa femme ? demanda Mrs. Gardiner.

— Il est pénible, répondit Elizabeth les yeux pleins de larmes, de mettre en doute la vertu d'une sœur mais je ne sais que penser. Elle est si jeune, jamais on ne lui a appris à réfléchir et, depuis plus d'un an, on lui a permis de disposer de son temps de la manière la plus frivole et d'adopter toutes les opinions qui lui passaient par la tête. L'amour et la coquetterie ont, seuls, occupé son imagination, et nous savons que Wickham possède le don de captiver une femme.

Ces discussions ne pouvaient rien ajouter à leurs craintes ou à leurs espoirs mais ils ne parlèrent de rien d'autre pendant la route.

N'ayant couché qu'une nuit en chemin, ils parvinrent à Longbourn le jour suivant à l'heure du dîner. Elizabeth se précipita hors de la voiture et courut au vestibule où Jane vint à sa rencontre.

— A-t-on eu des nouvelles des fugitifs ?

— Non, pas encore, répondit Jane. Père est à Londres depuis mardi. Il a écrit mercredi pour nous dire qu'il était arrivé en bonne santé, et nous donner son adresse. Il a ajouté qu'il n'écrirait de nouveau que lorsqu'il saurait quelque chose d'important. Quant à maman, elle ne quitte pas sa chambre.

Après avoir embrassé leurs enfants, Mr. et Mrs. Gardiner vinrent les rejoindre. Ils se rendirent tous auprès de Mrs. Bennet. Comme on pouvait le prévoir, elle se plaignit de la conduite de Wickham, de ses propres souffrances, du peu de cas que l'on faisait d'elle puis blâma tout le monde sauf la personne dont la folle complaisance était responsable des erreurs de sa fille, c'est-à-dire elle-même.

— À cette heure voilà Mr. Bennet parti. Je sais fort bien qu'il doit se battre avec Wickham quand il le trouvera. Il sera tué, j'en suis sûre, et alors que ferons-nous ? À peine sera-t-il dans le tombeau, que les Collins nous chasseront d'ici !

Ils se récrièrent tous contre des idées aussi sinistres, et Mr. Gardiner lui dit qu'il serait à Londres le lendemain et qu'il ferait tout le possible pour retrouver Lydia.

48

Le lendemain, la poste vint sans apporter de lettre. On fut forcé d'en conclure que Mr. Bennet n'avait aucune nouvelle à donner. Mr. Gardiner, qui avait attendu l'arrivée du courrier, se mit en route.

Mrs. Gardiner et ses enfants devaient rester encore quelques jours. L'autre tante les visitait aussi très fréquemment, et toujours, avec de nouvelles preuves de la mauvaise conduite de Wickham. Tout Meryton concourait désormais à noircir la réputation de l'homme que trois mois plus tôt on plaçait sur un piédestal. On assurait qu'il devait de l'argent à tous les marchands de la ville, qu'il était méprisable et dépravé. Beaucoup de gens commençaient même à prétendre qu'ils s'étaient toujours défiés de ses façons affables.

Sans accorder un grand crédit à ces témoignages, Elizabeth en crut assez pour être persuadée du déshonneur de sa malheureuse sœur. Même Jane commença presque à perdre espoir, d'autant plus que deux semaines étaient presque écoulées depuis leur fuite.

Le mardi suivant, Mrs. Gardiner reçut une lettre de son mari qui disait qu'il avait persuadé Mr. Bennet de venir chez lui. Sinon, il n'y avait rien de nouveau. Toutes les recherches de ce dernier avaient été infructueuses et il était maintenant décidé à visiter un par un les hôtels de Londres.

Dans un post-scriptum il demandait si Lizzy savait si Wickham avait encore des parents vivants, et où ils résidaient. Elle ne put lui répondre aucune information satisfaisante.

Chaque jour, à Longbourn, devint un jour d'inquiétude et de tourment. L'heure de la poste, surtout, voyait s'accroître l'anxiété de toute la famille, et chaque matin on s'attendait à une nouvelle.

Quand Mr. Gardiner écrivit la fois suivante, il fit état de renseignements qu'il avait reçus du colonel Forster. Ils n'étaient pas agréables. Outre qu'on ne connaissait personne qui aurait pu donner des nouvelles de Wickham, l'état de ses affaires était une raison très sérieuse pour lui de se cacher, plus puissante que la crainte d'être découvert par les parents de Lydia. En effet, le bruit venait de se répandre qu'il avait laissé des dettes considérables en partant, que mille livres ne suffiraient sans doute pas à payer.

Mr. Gardiner ajoutait que leur père rentrerait le lendemain, l'insuccès de ses démarches l'ayant découragé. En apprenant ce retour, Mrs. Bennet se récria qu'il revenait sans sa pauvre Lydia !

— Et qui donc se battra avec Wickham, ajouta-t-elle en gémissant, et le forcera à épouser ma fille, si lui ne le fait pas ?

Mrs. Gardiner et ses enfants regagnèrent Londres le jour où Mr. Bennet quitta cette ville : la voiture les conduisit à la ville voisine, et ramena Mr. Bennet à Longbourn. Celui-ci paraissait aussi calme, aussi froid qu'à son ordinaire ; il ne dit pas un mot de plus qu'il n'avait coutume de dire, ne fit pas mention de l'affaire qui l'avait forcé à faire ce voyage, et quelques heures se passèrent avant que ses filles aient le courage de lui en parler.

Ce fut dans la soirée, quand il les rejoignit pour le thé, qu'Elizabeth se hasarda à aborder ce sujet. Lui ayant brièvement exprimé son désir de le consoler, elle reçut la réponse suivante :

— Ce malheur est mon œuvre. Si au moins j'en supportais tout seul la peine !

— Il ne faut pas vous faire de reproches trop sévères !

— Lizzy, laisse-moi au moins une fois dans ma vie sentir combien j'ai été coupable.

— Les croyez-vous réellement à Londres ?

— Lydia a toujours désiré aller à Londres, dit Kitty.

— Son désir est accompli, répondit sèchement son père.

Après un moment de silence, il continua :

— Je sens trop tard la justesse de l'avis que tu m'as donné en mai dernier, Lizzy. Je n'aurais jamais dû la laisser partir pour Brighton !

— Si jamais j'y allais, dit alors Kitty, je me conduirais mieux que Lydia.

— Toi, aller à Brighton ? Dieu m'en garde ! Non, Kitty, j'ai appris à être prudent et tu t'en rendras compte. Aucun officier n'entrera plus dans cette maison, ni même ne passera par le village. Bals et soirées te seront interdits sauf si tu danses auprès d'une de tes sœurs, et tu ne sortiras pas de la maison avant d'avoir prouvé que tu t'es occupée à quelque chose d'utile pendant au moins dix minutes.

Prenant ces menaces au pied de la lettre, Kitty se mit à pleurer.

— Allons, dit-il, ne te chagrine pas trop. Si pendant dix ans tu te conduis en fille sage et raisonnable, je t'emmènerai voir un défilé.

49

Deux jours après le retour de Mr. Bennet, un exprès lui apporta un courrier de Mr. Gardiner. Dès que Jane et Elizabeth le surent, elles coururent lui demander quelles nouvelles il lui envoyait.

— Vous désirez voir la lettre ? dit-il en la tirant de sa poche. Fais-en lecture à haute voix, Lizzy, car je sais à peine de quoi elle parle.

— Gracechurch Street ce lundi 2 août, commença-t-elle à lire.

— *Je me félicite de pouvoir enfin vous donner des nouvelles de ma nièce ; elles sont satisfaisantes. Samedi dernier, j'ai pu découvrir où ils étaient tous deux cachés et j'ai pu les voir…*

— Tout finit comme je l'avais espéré, s'écria Jane, ils sont mariés.

— *Ils ne sont pas mariés*, continua de lire Elizabeth, *mais si vous approuvez les engagements que j'ai pris en votre nom, ils le seront dans peu de jours. Ce qu'on exige de vous, c'est de donner tout de suite à votre fille sa part des cinq mille livres qui reviendront à vos enfants après votre mort et celle de ma sœur, et de lui verser, votre vie durant, une pension annuelle de cent livres. Si, comme je le présume, vous acceptez ces conditions et m'envoyez le pouvoir d'agir pour vous, le contrat de mariage sera vite signé. Ne tardez pas à m'adresser votre réponse, et surtout qu'elle soit précise. Nous avons pensé qu'il serait plus convenable que ma nièce demeure avec nous jusqu'à son mariage : nous l'attendons aujourd'hui. Dès qu'il y aura quelque autre chose de décidé, je vous en ferai part.*

Votre,

EDWARD GARDINER.

— Se peut-il qu'il l'épouse ? dit Elizabeth en rendant la lettre. Je présume que ces conditions, vous devrez les accepter ?

— Accepter ! J'ai presque honte qu'elles soient aussi douces !

— Ce mariage est donc indispensable ? C'est un si mauvais sujet !

— Le moyen de l'éviter ? Il y a juste deux choses que j'aimerais savoir : combien d'argent votre oncle a dépensé pour régler cette affaire et comment je m'acquitterai de cette dette envers lui.

— Combien d'argent ! s'écria Jane, que voulez-vous dire, père ?

— Je veux dire qu'aucun homme n'épouserait Lydia pour cent livres de rente durant ma vie et cinquante après ma mort.

— C'est vrai, dit Elizabeth. Mon oncle s'est forcément chargé de payer les dettes de Wickham. Et une petite somme n'aura pas suffi.

— Non, dit le père, Wickham est un imbécile s'il la prend avec moins de dix mille livres sterling. Comment ferai-je pour rembourser ne serait-ce que la moitié de cette somme ?

Ils se séparèrent dans le vestibule ; il alla écrire sa réponse à la lettre pendant qu'elles allaient annoncer la nouvelle à leur mère.

Elle était dans sa chambre avec Mary et Kitty. La lettre fut lue à haute voix. Dès que Jane en vint à l'endroit où Mr. Gardiner parlait du mariage de Lydia comme d'une chose probable, la joie de Mrs. Bennet explosa. Chaque phrase qui suivit ajouta à son allégresse. Toutes ses craintes, ses souffrances furent oubliées ; l'idée d'avoir sous peu une fille mariée la ravit tout entière, et aucun souvenir humiliant ne vint troubler sa jubilation.

— Ma chère Lydia va se marier ! Je savais bien que mon frère réglerait cette affaire à ma satisfaction. Qu'il me tarde de la revoir ! Et ce cher Wickham ! Mais le trousseau, les habits de noces… Lizzy, ma chérie, descends demander à ton père combien il compte donner pour le trousseau de ma fille. Mais non, je lui en parlerai moi-même. Kitty, sonne, je t'en prie, que Hills vienne m'habiller !

Jane s'efforça de calmer ces débordements en lui rappelant les obligations que toute la famille avait à l'égard de Mr. Gardiner.

— Nous sommes persuadées qu'il a donné à Mr. Wickham l'argent nécessaire pour s'acquitter de ses dettes.

— Eh bien ! voilà qui est normal ! S'il n'avait pas d'enfants, nous serions ses héritiers ! Oh ! je suis si heureuse : sous peu j'aurai une fille mariée !

Mrs. Wickham, que cela sonne bien ! Dire qu'elle n'a que seize ans et demi ! Dès que je serai habillée j'irai à Meryton, porter cette heureuse nouvelle à ma sœur Philips. En revenant, je pourrais bien passer chez les Lucas et chez Mrs. Long. Kitty, demande la voiture. Lydia va se marier !

Écœurée de cette scène ridicule, Elizabeth se réfugia dans sa chambre où elle put réfléchir en paix. La situation de Lydia était toujours bien malheureuse mais il fallait rendre grâce au ciel qu'elle ne soit pas pire. Certes, elle ne pouvait pas espérer pour sa sœur un bonheur solide et durable mais vu ce qu'ils avaient craint quelques heures auparavant la situation présente avait beaucoup d'avantages.

50

Mr. Bennet confia au papier sa pleine approbation de tout ce qui avait été fait par Mr. Gardiner. Force lui fut d'admettre qu'il s'en tirait à bon compte mais ce qu'il apprécia le plus dans cet arrangement, ce fut le peu d'embarras qu'il lui donna car dès que les premiers moments d'indignation furent passés, il revint tout naturellement à sa nonchalance coutumière.

La bonne nouvelle se répandit rapidement dans le voisinage qui la reçut avec philosophie. Si on avait abandonné Miss Lydia sur le pavé de Londres, cela aurait certes fourni plus de matière à la conversation mais son mariage lui-même offrit à la méchanceté de quoi s'occuper. Toutes les charitables voisines de Meryton jugèrent en effet qu'avec un tel mari son malheur était certain.

Aucun sentiment de honte ne venait troubler le triomphe de Mrs. Bennet. Avec le mariage d'une de ses filles, tous ses désirs allaient enfin être accomplis. Le trousseau, les toilettes occupaient seuls sa pensée ; elle cherchait une maison dans le voisinage qui puisse convenir à sa fille sans même savoir quel serait leur revenu.

Son mari finit par intervenir en lui disant :

— Mrs. Bennet, entendons-nous bien. Il est une maison dans le voisinage où ils ne seront jamais reçus, c'est Longbourn.

Une vive dispute suivit cette déclaration mais Mr. Bennet fut inébranlable. Cela donna bientôt lieu à une autre scène encore plus animée quand Mrs. Bennet apprit avec horreur que son mari ne voulait pas faire la moindre dépense pour acheter des habits de noces. Elle fut plus vivement humiliée de l'inconvenance qu'il y avait pour sa fille à se marier sans une toilette neuve que du souvenir de sa fuite et des quinze jours qu'elle avait passés avec Wickham avant leur mariage.

Elizabeth regrettait d'avoir révélé à Mr. Darcy leur crainte pour Lydia. Son mariage allait donner une couleur moins défavorable à sa fuite, et on pouvait espérer cacher les débuts honteux de cette union à ceux qui n'étaient pas sur les lieux. En même temps, elle ne craignait pas que cela puisse lui causer un tort particulier puisqu'une barrière insurmontable les séparait désormais. Même si le mariage de Lydia s'était conclu de manière honorable, comment croire, en effet, que Mr. Darcy voudrait encore s'unir à une famille qui ajoutait à tant d'autres inconvénients une alliance avec un homme qu'il méprisait à aussi juste titre. Comment espérer que son désir d'être estimé d'elle résiste à pareille épreuve ? Elle était chagrine, humiliée. Elle désirait avoir de ses nouvelles alors qu'il était probable qu'elle n'en recevrait plus jamais. Maintenant que, selon toute apparence, ils ne devaient plus se revoir, elle sentait qu'elle aurait pu être heureuse avec lui.

Mr. Gardiner ne tarda pas à écrire à nouveau. Aux remerciements de Mr. Bennet, il répondit en le priant de ne plus parler de cette affaire. Le principal but de sa lettre était de leur faire savoir que Mr. Wickham quittait son régiment. Voici ce qu'il écrivait :

*Il a obtenu une sous-lieutenance dans le régiment du général*** en garnison dans le nord du pays. Cet éloignement offre beaucoup d'avantages : parmi des étrangers où ils auront tous deux une réputation à conserver, ils seront sûrement plus raisonnables. J'espère que dans* *huit jours tout sera conclu... Ils se rendront alors à leur destination, à moins qu'ils ne soient auparavant invités à Longbourn. Ma nièce désire vous voir tous avant son départ pour le Nord. Elle se porte bien et me prie de vous offrir, ainsi qu'à sa mère, ses respectueux souvenirs.*

Mr. Bennet et ses filles virent aussi bien que Mr. Gardiner les avantages du déplacement de Wickham mais Mrs. Bennet n'en fut pas aussi satisfaite. Le départ de Lydia pour le Nord fut pour elle une vive contrariété ; et d'ailleurs, n'était-il pas cruel d'éloigner Wickham d'un régiment où sa femme avait tant d'amis ?

La demande de Lydia rencontra d'abord un refus absolu de Mr. Bennet mais Jane et Elizabeth, désirant toutes deux, pour la réputation de leur sœur, qu'elle fût accueillie par ses parents après son mariage, le prièrent avec tant de douceur, et si instamment, qu'il se laissa enfin persuader. Mrs. Bennet eut donc la satisfaction de savoir qu'elle pourrait exhiber sa fille nouvellement mariée à tout le voisinage, avant qu'elle soit bannie à Newcastle. Lorsque Mr. Bennet répondit à son beau-frère en donnant son assentiment à ce que, aussitôt après la cérémonie, les mariés se rendent à Longbourn.

51

La voiture fut envoyée à la rencontre des nouveaux mariés qui arrivèrent à Longbourn à l'heure du dîner. La famille était réunie dans le salon pour les recevoir. La voix de Lydia résonna dans le vestibule, la porte s'ouvrit et elle entra en trombe au salon. Sa mère s'avança vers elle, l'embrassa avec des transports de joie, donna la main à Wickham et leur fit ses compliments avec un empressement qui ne montrait aucun doute sur leur bonheur.

La réception qu'ils reçurent de Mr. Bennet fut moins cordiale : à peine leur dit-il deux mots. L'assurance et la gaieté des nouveaux époux étaient, en effet, de nature à l'irriter. Elizabeth en fut outrée et Jane en demeura stupéfaite. Lydia était toujours cette même Lydia indomptée, hardie, sauvage, bruyante, excessive. Wickham ne paraissait pas plus gêné qu'elle ; ses manières étaient aussi dégagées que si sa conduite avait toujours été celle d'un homme d'honneur. La conversation ne languit pas ; la mariée et sa mère ne pouvaient pas parler assez vite à leur gré.

Quand ils passèrent dans la salle à manger, Lydia se plaça d'un air triomphant à la droite de Mrs. Bennet et dit à sa sœur aînée :

— Jane, il faut me céder tes droits, je suis une femme mariée !

Il était difficilement imaginable que le temps donnerait à Lydia cette réserve dont elle était dépourvue depuis toujours.

Un matin, peu près leur arrivée, Lydia dit à Elizabeth :

— Lizzy, je ne t'ai jamais donné de détails sur mon mariage. Ne désires-tu pas savoir comment cela s'est passé ?

— Non ! Je pense qu'on ne saura assez se taire sur ce sujet.

— Il faut pourtant que je te mette au courant. Nous nous sommes mariés, tu le sais, à St. Clement. Il était décidé que nous y serions à onze heures, mon oncle, ma tante et moi. Les autres devaient nous retrouver à l'église. Eh bien ! le lundi matin, au moment où nous montions en voiture, voilà Mr. Stone qui arrive pour parler d'affaires à mon oncle. Oh ! j'étais contrariée car ils en ont toujours pour des heures et mon oncle devait être mon témoin. Heureusement il est revenu et nous sommes partis. Je me suis rappelé depuis que s'il n'avait pu venir, j'aurais pu me marier quand même car Mr. Darcy aurait parfaitement pu le remplacer.

— Mr. Darcy ! releva Elizabeth avec la plus vive surprise.

— Mais oui ! Oh ! qu'ai-je fait ? J'avais promis d'être discrète et de ne rien dire ! Ce devait être un si grand secret !

— Alors, dit Jane, n'en parlons plus.

Mais comment rester dans l'ignorance des raisons qui avaient poussé Mr. Darcy à assister au mariage ? Elizabeth écrivit à sa tante pour lui en demander l'explication, si la révéler était compatible avec le secret qu'on semblait vouloir garder. Elle n'en parla pas à Jane. Jusqu'à ce qu'elle reçoive une réponse, elle aimait autant ne pas avoir de confidente.

52

Elizabeth reçut une réponse à sa lettre par retour de courrier. Dès qu'on la lui remit, elle alla dans le petit bois qui jouxtait la maison et s'assit sur un des bancs pour la lire. Elle était longue.

Gracechurch Street, ce 6 septembre.

J'avoue que ta demande m'a surprise car je ne pensais pas avoir à te donner des éclaircissements. Pas à toi. Simplement, si tu préfères ne pas comprendre, pardonne à mon impertinence. Et si tu es réellement ignorante des faits, voici toutes les explications.

Le jour même de mon retour à Londres, ton oncle a reçu une visite inattendue : Mr. Darcy a passé plusieurs heures avec lui. Il était venu lui dire qu'il avait découvert la retraite des fugitifs, qu'il les avait vus et leur avait parlé. J'ai compris qu'il avait quitté le Derbyshire peu après nous pour aller à Londres les rechercher. Il avait quelques indices, en particulier une certaine Mrs. Younge, à qui, je le présume, il a acheté le secret de leur cachette.

Il a vu Lydia et, faute de pouvoir la convaincre de retourner chez ses parents, il a compris qu'il fallait accélérer leur mariage. Seulement, de son côté, Wickham n'avait pas la moindre intention de l'épouser. Des dettes d'honneur l'avaient obligé à quitter le régiment précipitamment mais il n'avait pas encore formé de projet pour l'avenir. Le fait est qu'il se trouvait cependant sans aucune ressource. Mais quand Mr. Darcy lui a demandé pourquoi il n'avait pas épousé ta sœur, il lui a laissé entendre qu'il nourrissait encore l'espoir de faire fortune en se mariant dans un autre pays. En même temps, vu les circonstances, il était peu probable qu'il résiste longtemps à l'offre d'une rentrée d'argent immédiate. Comme tu peux l'imaginer, il demandait plus qu'on voulait lui donner, mais, à la fin, il a été contraint de se montrer raisonnable.

C'est alors que Mr. Darcy est venu voir ton oncle, le dimanche, comme je te l'ai dit. Tout a été terminé le lundi, jour où fut envoyé un exprès à ton père. Seulement, notre ami s'est montré fort obstiné – je crois que l'obstination est son défaut véritable. Démarches, recherches, dépenses, tout a été fait par lui seul. Ton oncle aurait pris l'affaire en charge mais Darcy ne l'a pas voulu, et ton oncle a été forcé de céder. Il a juste dû laisser penser qu'il avait été utile à sa nièce, ce qui le contrariait fort. Ta lettre de ce matin lui a fait plaisir parce qu'elle permet de rétablir la vérité. Simplement, il ne faut pas que cette vérité aille plus loin que toi ou Jane.

Tu sais bien, je pense, ce qui a été fait pour les jeunes époux. Les dettes de Wickham qui se montaient à beaucoup plus de mille livres ont été payées, son brevet d'officier acheté, et mille livres ajoutées à la dot de Lydia et placées sur sa tête. Voici le motif que Mr. Darcy a avancé pour que cela soit payé par lui seul : « Si j'avais révélé le vrai caractère de Wickham, a-t-il dit, il n'aurait pas reçu un accueil aussi favorable dans le Herfordshire. Mon silence, imputable à un sot orgueil, a causé un grave tort qu'il est de mon devoir de réparer autant que possible. »

Ce raisonnement a peut-être quelque justesse, mais je te prie de croire, chère Lizzy, que ton oncle n'aurait jamais cédé s'il n'avait pas cru que Mr. Darcy avait plus d'un motif pour agir ainsi.

Voilà. Je crois t'avoir tout dit; c'est un récit qui, d'après ce que tu m'as écrit, te causera une vive surprise. J'espère qu'il ne te fera pas de peine. J'ajoute que je n'ai pas été satisfaite des façons de Lydia. Je lui ai parlé plusieurs fois du tourment et des angoisses que sa conduite avait causés à sa famille, de la honte dont elle s'était couverte. Elle ne m'a même pas écoutée.

M'en voudras-tu beaucoup, chère Lizzy, si, avant de conclure, je profite de l'occasion pour te confier combien j'apprécie Mr. Darcy ? Sa conduite avec nous a été aussi aimable que dans le Derbyshire. Son intelligence et ses opinions sont fort de mon goût. Il ne lui manque qu'un peu d'enjouement, ce que, s'il se marie avec prudence et raison, sa femme pourra lui apporter. J'espère que tu me pardonneras mes propos s'ils te déplaisent ou que, au moins, tu ne m'interdiras pas l'entrée de Pem… pour m'en punir.

Toute à toi, bien sincèrement,

MRS. GARDINER.

Cette lettre fit éprouver à Elizabeth une vive émotion où le plaisir se mêlait à la peine. Son cœur lui disait tout bas que Darcy avait accompli tout cela pour elle. En même temps, elle songeait : « M'aimer au point de vaincre l'horreur que lui inspire à juste titre l'idée de devenir le beau-frère de Wickham, c'est impossible ! »

53

Le jour fixé pour le départ des Wickham arriva bientôt, et Mrs. Bennet se vit forcée de se soumettre à une séparation qui allait durer au moins un an car son mari n'approuvait absolument pas le projet qu'elle avait conçu d'aller les voir à Newcastle.

La perte de sa fille la rendit triste pendant plusieurs jours. Cependant une nouvelle vint bientôt dissiper sa mélancolie : la femme de charge de Netherfield avait reçu l'ordre de tout préparer pour l'arrivée de son maître qui devait venir chasser sur place pendant plusieurs semaines.

Jane ne put pas entendre parler de ce retour sans rougir mais, dès qu'elle fut seule avec Elizabeth, elle lui dit :

— Je t'ai vue me regarder quand ma tante Philips a annoncé la nouvelle. J'ai rougi, parce que je savais qu'on me regarderait mais je n'ai ni plaisir ni peine. Même, je suis contente qu'il vienne seul, parce qu'ainsi nous le verrons moins souvent.

Elizabeth ne sut trop qu'en penser. Le croyant toujours fort attaché à son aînée, elle se demandait s'il venait avec la permission de son ami ou s'il faisait cette démarche sans l'avoir consulté.

— Dès que Mr. Bingley sera ici, dit Mrs. Bennet à son mari, vous lui ferez sans doute une visite, mon cher ?

— Non ! Vous m'avez forcé à y aller l'an passé en me promettant qu'il épouserait une des filles mais on ne m'attrape pas deux fois.

— N'importe ! Cela ne m'empêchera pas de le prier à dîner !

Finalement, Mr. Bingley arriva ; Mrs. Bennet le sut par des domestiques. Elle attendait que se soit écoulé un délai convenable pour envoyer son invitation mais le troisième jour après son arrivée, comme elle était dans le salon avec ses filles, elle le vit passer la grille du jardin et s'avancer vers la maison.

— Il y a un monsieur avec lui, maman, dit Kitty qui avait couru à la fenêtre. Qui peut-il être ? Oh ! il ressemble à celui qui était avec lui l'an passé. M… quel est son nom, à ce bel homme si fier ?

— Mr. Darcy ? dit Mrs. Bennet. Je me serais passée de sa visite !

Jane regarda Elizabeth en pensant qu'elle devait se sentir embarrassée. En effet, elle savait peu de choses de leur entrevue dans le Derbyshire et ignorait quel changement s'était opéré dans les sentiments de sa sœur envers lui. Car, désormais, outre que celle-ci savait que sa famille lui devait un service crucial, elle se sentait pour lui un intérêt, sinon aussi tendre, du moins aussi juste et aussi raisonnable que celui que Jane éprouvait pour Bingley. Passé sa surprise de le voir à Longbourn, une pensée raviva l'éclat de son teint que le premier moment d'émotion avait terni, celle que ses sentiments pouvaient ne pas avoir changé. Refusant pourtant de céder d'emblée à cet espoir, elle se dit : « Voyons d'abord comment il se conduit. » Elle reprit donc son ouvrage jusqu'au moment où elle leva les yeux sur Jane. Elle était un peu plus pâle que d'habitude, mais elle reçut ces messieurs avec passablement d'aisance, sans trahir aucune marque de ressentiment.

Elizabeth leur parla à chacun aussi peu que la politesse le permettait, et se remit à son ouvrage. Mr. Darcy avait sa mine sérieuse des débuts et ne ressemblait plus à ce qu'il avait montré dans le Derbyshire. Elle songea qu'en présence de sa mère, il ne pouvait pas se comporter comme avec Mr. et Mrs. Gardiner.

Elle vit que Bingley, de son côté, était content et embarrassé.

Mrs. Bennet le reçut avec une cordialité qui rendit ses filles confuses, surtout par comparaison avec la froideur qu'elle manifesta à Mr. Darcy.

Ce dernier ne parla presque pas. Il était, il est vrai, placé loin d'elle, mais de longs moments se passèrent sans qu'on entende le son de sa voix. Quand elle se hasarda à lever les yeux sur lui, elle le trouva aussi souvent en train de regarder Jane qu'elle-même. Plus souvent encore, ses regards étaient dans le vague. Il manifestait plus de réserve et moins d'empressement à plaire que lors de leur dernière rencontre, c'était évident ! Elizabeth en était contrariée, et se reprochait de l'être.

— Vous avez été longtemps absent, Mr. Bingley, dit Mrs. Bennet.

— Il est vrai, madame !

— Je commençais à craindre que vous ne reveniez plus. Bien des choses se sont passées depuis votre départ : Miss Lucas est mariée, une de mes filles aussi. Vous en avez entendu parler, je présume ?

Bingley répondit que oui et fit son compliment. Elizabeth n'osa pas lever les yeux et ne put donc savoir quel air avait Mr. Darcy.

— C'est un grand bonheur d'avoir une fille bien mariée, continua la mère, mais en même temps, il est pénible de s'en séparer ! Ils sont allés à Newcastle où mon gendre est en garnison. Vous avez su qu'il a quitté son régiment pour entrer dans la troupe de ligne ? Il semble qu'il a tout de même gardé quelques amis…

Elizabeth coupa court à cette conversation oiseuse en demandant à Bingley s'il comptait rester quelque temps dans le pays.

— Quinze jours ou trois semaines, ce fut sa réponse.

— Quand vous aurez tué tout votre gibier, lui dit Mrs. Bennet, venez chasser sur les terres de Mr. Bennet. Il en sera très flatté.

Ces attentions ridicules accrurent le tourment d'Elizabeth. À supposer que les sentiments de Bingley soient intacts, on aurait sûrement le chagrin de voir la situation finir mal, comme l'an passé. Pourtant, avec soulagement, elle remarqua que la beauté de sa sœur ranimait l'admiration de Bingley. D'abord, il lui avait parlé peu, mais chaque instant semblait l'attirer davantage vers elle : il la retrouvait aussi charmante que le jour où il l'avait connue.

Quand ces messieurs se levèrent pour prendre congé, Mrs. Bennet n'oublia pas son projet d'invitation ; ils furent donc conviés à dîner pour le jeudi de la semaine suivante. Elle les aurait bien retenus le jour même mais elle ne pensa pas qu'un repas de moins de deux services puisse être offert à celui sur lequel elle fondait de si grandes espérances ni satisfaire la vanité et l'appétit de quelqu'un qui possédait dix mille livres de rente.

54

Leur départ laissa Elizabeth toute songeuse. « Pourquoi venir ici, se dit-elle, s'il voulait être grave, silencieux et indifférent comme il l'était autrefois ? » Elle ne put répondre à cette interrogation de façon satisfaisante. « Il a pu se montrer aimable avec mon oncle et ma tante à Londres, pourquoi ne pas l'être avec moi ? S'il n'a plus aucun sentiment, pourquoi rester silencieux ? Oh ! Quel homme ! Vraiment, il m'impatiente ! Je ne penserai plus à lui ! »

Jane la rejoignit. Son large sourire prouvait assez qu'elle était beaucoup plus satisfaite de leur visite qu'elle.

— À présent que la première entrevue est passée, je me sens à l'aise, dit-elle. Je suis contente qu'il vienne jeudi. Tout le monde verra que nous nous rencontrons avec une parfaite indifférence.

— Beaucoup d'indifférence, en effet ! répondit Elizabeth en riant.

Elles ne revirent plus les hôtes de Netherfield jusqu'au jeudi. Ce jour-là, une nombreuse société était réunie à Longbourn. Lorsqu'on passa dans la salle à manger. Elizabeth regarda avec inquiétude si Bingley prenait la place d'autrefois, celle auprès de Jane. En entrant, il parut hésiter mais Jane tourna les yeux de son côté, et, par hasard sourit. Cela décida tout ; il s'assit auprès d'elle.

Sa conduite envers Jane pendant le dîner, quoique plus retenue qu'autrefois, trahissait assez son attachement pour elle. Elizabeth demeura convaincue que, s'il n'était guidé que par ses propres désirs, le bonheur de Jane serait bientôt assuré.

Mr. Darcy était placé aussi loin d'elle que la table le permettait, et, de plus, à la droite de Mrs. Bennet. Trop éloignée d'eux pour entendre leur conversation, elle sut cependant, d'après leur air froid et ennuyé, qu'elle n'était pas très animée. Elle avait l'espoir que la soirée leur donnerait l'occasion de parler un peu, mais quand les hommes vinrent au salon, les dames s'étaient massées en foule autour de la table où Miss Bennet faisait le thé. Elizabeth était tellement entourée qu'on ne pouvait trouver place auprès d'elle.

Darcy s'en alla à un autre bout du salon ; elle le suivit des yeux, envia tous ceux à qui il parlait, eut à peine assez de patience pour rester à sa place et s'en voulut beaucoup d'être aussi sotte !

Elle eut juste l'occasion de demander, quand il passa près d'elle :

— Mademoiselle votre sœur est-elle encore à Pemberley ?

— Oui, elle doit y rester jusqu'à Noël. Mrs. Annesley est toujours avec elle mais Miss Bingley et sa sœur sont parties à Scarborough.

Quand on installa les tables de jeu, toutes les dames se levèrent. Elizabeth espéra qu'il viendrait la rejoindre mais Mrs. Bennet s'empara de lui pour en faire sa victime à une table de whist.

Tout espoir de plaisir était maintenant perdu pour elle. Ils se trouvaient retenus pour le reste de la soirée à des parties différentes. Après quoi, les hôtes de Netherfield furent les premiers à demander leur voiture, et Elizabeth resta très peu satisfaite de sa soirée.

55

Quelques jours après, Mr. Bingley revint leur faire une visite. Il était seul, Mr. Darcy l'ayant quitté la veille pour se rendre à Londres. Il resta plus d'une heure, et fut d'une gaieté remarquable. Mrs. Bennet l'invita à dîner le lendemain, et cette invitation fut acceptée avec joie.

Il vint, comme promis. Après le thé, Mr. Bennet se retira dans sa bibliothèque et Mary monta dans sa chambre, travailler son piano. Mrs. Bennet se mit à regarder Elizabeth et Kitty d'une façon très expressive mais en vain : Kitty ne comprenait pas et Elizabeth ne voulait pas comprendre. Bientôt, pourtant, ne pouvant se résoudre à laisser passer une occasion précieuse, elle se leva et dit à Kitty :

— Viens avec moi, mon enfant, j'ai quelque chose à te dire.

Jane jeta un regard embarrassé à Elizabeth ; quelques secondes après, Mrs. Bennet entrouvrit la porte et s'écria :

— Lizzy ! J'ai besoin de toi ici !

Elle se vit forcée de quitter le salon, elle aussi, laissant Bingley et Jane seuls. Cependant, tous les procédés de Mrs. Bennet furent vains ce jour-là.

Le lendemain, Mr. Bingley et Mr. Bennet passèrent la matinée ensemble à chasser ainsi qu'on en était convenu la veille. Ce dernier fut beaucoup plus aimable qu'on pouvait l'espérer. Il n'y avait rien dans les manières de Bingley, ni prétention ni ridicules, qui auraient pu le pousser à critiquer ou à se murer dans un silence dédaigneux. Il se montra donc agréable et, tout naturellement, ramena son hôte pour le dîner.

Dans la soirée, Elizabeth qui avait une lettre à écrire monta dans sa chambre car les autres étant occupés au jeu on ne pouvait pas avoir besoin d'elle pour faire obstacle aux projets de Mrs. Bennet.

En revenant au salon, elle vit, à sa grande surprise, qu'il y avait lieu de craindre que sa mère ait été trop habile pour elle. En ouvrant la porte, en effet, elle trouva sa sœur et Bingley qui causaient fort sérieusement. Même si leur attitude ne lui avait pas mis la puce à l'oreille, leur rougeur et leur air confus quand ils s'écartèrent brusquement l'un de l'autre lui en dirent long.

Elle allait repartir quand Bingley sortit précipitamment. Jane ne pouvait avoir aucun secret pour Elizabeth, aussi, se jetant dans ses bras, elle lui avoua qu'elle était la plus heureuse des femmes.

— C'est trop ! ajouta-t-elle. Infiniment trop ! Je ne le mérite pas. Oh ! pourquoi tout le monde n'est-il pas aussi heureux ? Il faut que j'aille sur-le-champ trouver ma mère. Je ne voudrais pas qu'elle l'apprenne par une autre. Il est maintenant chez mon père. Oh ! Lizzy ! quel délice de penser à la joie que cette nouvelle va causer à tous ! Comment supporter autant de bonheur ?

Demeurée seule, Elizabeth sourit en songeant à la facilité avec laquelle s'était terminée une affaire qui leur avait causé tant de regrets et de soucis. Bientôt elle fut rejointe par Bingley, dont l'entretien avec Mr. Bennet avait été court mais important. De l'air le plus aimable, il lui demanda son amitié et ses félicitations. Elizabeth l'assura qu'elle partageait sa joie. Tout amoureux qu'il était, ses espérances de bonheur ne lui paraissaient pas déraisonnables parce qu'elles se fondaient sur le caractère angélique de Jane, son esprit si juste et si aimable, et cette grande similitude de goûts et de sentiments qui existait entre elle et lui.

Ce fut une soirée particulièrement heureuse. Quand Mr. Bingley fut parti, Mr. Bennet prit les mains de son aînée dans les siennes.

— Je te félicite, dit-il, tu seras heureuse. Vos caractères se ressemblent : vous êtes tous deux si gentils que vous ne prendrez jamais une décision, si indulgents que vos domestiques vous voleront et si généreux que vous dépenserez plus que votre revenu.

— Dépenser plus que leur revenu ! s'écria sa femme. Mon cher Mr. Bennet, vous rêvez ! Avec quatre ou cinq mille livres de rente !

À partir de ce jour, Bingley devint un habitué de Longbourn ; il y venait souvent avant déjeuner et en partait toujours assez tard.

Elizabeth ne trouva plus que peu de temps pour causer avec sa sœur mais Jane eut tout de même l'occasion de lui dire :

— Il ignorait que j'étais à Londres le printemps dernier ! Je ne croyais pas que cela pouvait être possible !

— Comment t'a-t-il expliqué son ignorance ?

— C'était sans doute l'œuvre de ses sœurs. Elles voulaient qu'il fasse un choix plus avantageux, ce qui se comprend aisément. Mais lorsqu'elles le verront heureux avec moi, nous serons de nouveau dans les meilleurs termes, elles et moi !

— Si je te vois encore ajouter foi aux protestations d'amitié de Miss Bingley, je t'en voudrais vraiment !

— Croirais-tu que lorsqu'il est parti pour Londres au mois de novembre dernier il m'aimait sincèrement ? Et que seule la certitude de mon indifférence pour lui l'a empêché de revenir ?

— Il se trompait, mais cela honore sa modestie.

Elizabeth se réjouit de constater qu'il n'avait pas révélé la part importante que Darcy avait prise dans cette affaire. Jane avait beau posséder le cœur le plus noble et le plus indulgent qui soit, cela aurait pu fortement l'indisposer contre lui.

— Peut-il exister une femme aussi heureuse que moi ? dit Jane pour finir. Si tu pouvais connaître la même félicité ! S'il existait un autre homme au monde comme lui, qui t'aime comme il m'aime.

— Si la Fortune me traite en amie, peut-être qu'avec le temps je trouverai un autre Mr. Collins.

L'événement qui comblait de joie la famille de Longbourn ne put être tenu secret bien longtemps : Mrs. Bennet obtint la permission de le confier à Mrs. Philips et celle-ci, sans permission, en usa de même avec toutes ses bonnes voisines de Meryton.

Aussitôt il fut décidé que les Bennet étaient les gens les plus heureux du monde, alors que peu de semaines auparavant il était admis que le malheur semblait s'acharner sur eux.

56

Une semaine environ après les fiançailles de Jane et Mr. Bingley, alors que toute la famille se tenait dans le petit salon, une calèche à quatre chevaux entra par la grille. Il était trop tôt pour une visite et la voiture n'était pas celle d'un de leurs voisins. Comme il était évident, néanmoins, que quelqu'un venait, chacun essaya de deviner qui ça pouvait être jusqu'au moment où parut celle qui avait fait naître ces interrogations : c'était Lady Catherine de Bourgh.

Sa Seigneurie entra avec un air fort peu aimable, répondit par une simple inclination de tête au salut d'Elizabeth et s'assit sans piper mot. Elizabeth en la voyant la nomma à sa mère même si Sa Seigneurie n'avait pas demandé cette présentation. En dépit de son extrême surprise, Mrs. Bennet, fut flattée de recevoir une si grande dame et l'accueillit avec la plus parfaite politesse. Après quelques instants de silence, Lady Catherine dit froidement à Elizabeth :

— Votre santé me paraît bonne, Miss Bennet. Cette pièce doit être désagréable les soirs d'été, elle est en plein couchant.

Mrs. Bennet l'assura qu'ils ne s'y tenaient jamais après le dîner et lui offrit des rafraîchissements. Lady Catherine refusa d'une manière plus décidée que polie et, en se levant, dit à Elizabeth :

— Je serais aise de faire un tour, si vous vouliez m'accompagner.

Elizabeth courut à sa chambre prendre son ombrelle et sortit avec Lady Catherine. Toutes deux se mirent à marcher sur les graviers sans mot dire. Elizabeth était décidée à ne faire aucun effort pour lancer la conversation avec une femme qui était, cette fois, plus hautaine et désagréable que jamais.

Lady Catherine rompit brusquement le silence.

— Vous pouvez facilement comprendre, Miss Bennet, le sujet qui m'amène ici. Votre conscience doit assez vous le dire.

— En vérité, madame, vous vous trompez. Je ne puis en aucune façon m'expliquer l'honneur que vous nous faites aujourd'hui.

— Mademoiselle, reprit Lady Catherine sur le ton de la colère, vous devriez savoir qu'on ne se moque pas de moi. Enfin si vous refusez d'être sincère, je le serai, moi. Un rapport des plus alarmants m'est parvenu. On m'a dit que non seulement votre sœur allait faire un mariage très brillant, mais que vous seriez, selon toutes les apparences, bientôt unie à mon propre neveu, Mr. Darcy ! Je sais que cela ne peut être qu'un scandaleux mensonge car je ne veux pas lui faire l'injure de croire qu'une telle chose est possible… Cependant j'ai décidé de venir ici afin de vous parler moi-même.

— Si ce rapport est tellement dénué de vérité, répondit Elizabeth, rouge d'étonnement et d'indignation, je suis surprise, madame, que vous ayez pris la peine de vous déplacer. Quel peut être votre but ?

— D'ordonner que cette rumeur soit contredite sur-le-champ.

— Votre venue ici, dit froidement Elizabeth, la confirmerait plutôt, à supposer qu'elle existe vraiment.

— À supposer... Prétendriez-vous par hasard l'ignorer ?

— Je n'en avais jamais entendu parler !

— Et pouvez-vous affirmer que cette rumeur est sans fondement ?

— Je ne prétends pas posséder la franchise de Votre Seigneurie. Il y a des questions auxquelles il me convient de ne pas répondre.

— Cela n'est pas supportable ! J'insiste pour savoir la vérité ! Mon neveu vous a-t-il demandée en mariage ?

— Vous avez dit vous-même que cela était impossible.

— Cela devrait l'être mais votre artificieuse coquetterie a pu lui faire oublier ce qu'il se devait à lui-même !

— S'il en était, croyez-vous, milady, que je l'avouerai ?

— Mademoiselle, j'ai le droit de connaître ses affaires intimes.

— Mais certainement pas les miennes !

— Laissez-moi me faire bien comprendre. Cette union à laquelle vous avez la prétention d'aspirer ne peut pas avoir lieu ! Mr. Darcy est promis à ma fille. Maintenant, qu'avez-vous à répondre ?

— Que s'il en est ainsi, vous n'avez aucune raison de supposer qu'il m'a proposé sa main.

— Ils sont promis l'un à l'autre depuis le berceau. La mère de Mr. Darcy désirait comme moi ce mariage. Et maintenant, je verrais tous ces espoirs trompés ?

— Sa mère et vous avez fait tout ce qui était en votre pouvoir à propos de ce mariage mais son accomplissement dépendait d'autres personnes que vous. Si l'inclination ne lie pas Mr. Darcy à sa cousine, pourquoi ne pourrait-il pas faire un autre choix ? Et si je suis celle qu'il a choisie, pourquoi refuserais-je sa main ?

— Parce que l'honneur, la bienséance, votre intérêt même le défendent. Oui, votre intérêt, car vous serez méprisée par tous ses parents, et jamais votre nom ne sera prononcé par aucun de nous.

— Voilà de terribles malheurs, en vérité, répondit Elizabeth, mais la qualité d'épouse de Mr. Darcy doit être une telle source de bonheur que celle qui le sera n'aura aucun sujet de se plaindre.

— Quel égoïsme ! j'en rougis pour vous ! Ma fille et mon neveu descendent tous deux d'une famille illustre et des plus anciennes quoique sans titre. Qui donc peut les séparer ? Les ambitieuses prétentions d'une femme sans nom et sans fortune ? Vous ne devriez pas chercher à sortir de la classe où vous êtes née !

— En épousant votre neveu, je ne croirais pas que j'en sors. Il est gentilhomme, je suis fille de gentilhomme. Jusque-là, nous sommes égaux.

— Il est vrai pour votre père. Mais votre mère ? Et la profession de vos oncles ? Croyez-vous que je l'ignore ?

— Quoi que fasse ma famille, dit Elizabeth, si votre neveu n'y voit pas d'objection, cela ne vous regarde pas !

— Dites-moi une fois pour toutes, êtes-vous fiancée à Mr. Darcy ?

Faire plaisir à Lady Catherine était ce qu'Elizabeth désirait le moins au monde. L'honnêteté la força toutefois à répondre :

— Je ne le suis pas.

Sa Seigneurie sembla satisfaite.

— Voulez-vous me promettre de ne l'être jamais ?

— Je ne ferai aucune promesse de ce genre !

— Miss Bennet, je suis choquée de votre conduite car je vous croyais raisonnable. Mais j'insiste, je ne partirai pas avant que vous ayez fait la promesse que j'exige.

— Vous ne l'obtiendrez jamais ! Je ne suis pas d'un caractère à me laisser intimider de façon aussi ridicule ! Vous voulez, milady, qu'il épouse votre fille. Soit ! Mais si je faisais la promesse que vous réclamez, cela rendrait-il leur mariage plus probable ? Supposez que votre neveu m'offre sa main. Mon refus ferait-il qu'il aille aussitôt l'accorder à sa cousine ? Permettez-moi de vous le dire, Lady Catherine, les raisonnements qui vous ont poussée à venir me trouver sont aussi frivoles que la démarche elle-même est dénuée de sens. Vous vous êtes lourdement trompée en pensant que vos arguments m'impressionneraient. J'ignore si votre neveu approuve ou non votre intervention dans ses affaires mais je sais que vous n'avez pas le droit de vous mêler des miennes. Je vous demande donc de ne plus m'importuner davantage à ce sujet.

— Pas si vite, je vous prie. À toutes ces objections, je peux en ajouter une bien plus fondée encore : la conduite scandaleuse de votre sœur. Je connais les moindres détails de sa fugue. Je sais que le monsieur ne l'a finalement épousée que par raccroc et à grands frais pour votre père et votre oncle. Une telle fille deviendrait la belle-sœur de mon neveu ? Son mari, qui est fils de l'intendant de feu Mr. Darcy, serait le beau-frère de son ancien maître ? Y pensez-vous ? Les mânes de Pemberley seraient profanés à ce point ?

— Vous ne pouvez pas avoir autre chose à me dire, dit Elizabeth. Vous m'avez insultée de toutes les façons possibles. Je rentre.

En prononçant ces mots, elle reprit le chemin de la maison. Lady Catherine suivit cet exemple. Son indignation était à son comble.

— Vous n'avez donc aucun égard pour l'honneur et la réputation de mon neveu ? Fille insensible !

— Lady Catherine, je n'ai plus rien à vous dire !

— Vous êtes donc décidée à l'épouser ?

— Je n'ai pas dit une chose pareille. Je suis seulement décidée à agir de la manière qui pourra le mieux assurer mon bonheur sans consulter ni vous ni aucune autre personne étrangère à ma famille.

— Fort bien, voilà votre dernière résolution ! Cela me suffit : je saurai maintenant comment agir ! Mais ne vous imaginez pas, Miss Bennet, que vous arriverez à vos fins !

Avant de monter dans sa voiture, Lady Catherine ajouta :

— Je ne prends pas congé de vous, Miss Bennet. Je suis très sérieusement mécontente.

Elizabeth ne fit aucune réponse et pénétra dans la maison. En entendant partir la voiture, sa mère vint lui demander pourquoi Lady Catherine n'était pas rentrée.

— Cela ne lui a pas convenu, dit sa fille, elle voulait partir.

— Je suppose qu'elle est passée nous dire que les Collins se portent bien. Voilà qui était extraordinairement aimable à elle !

Elizabeth se vit forcée de trahir quelque peu la vérité car avouer la substance de leur conversation était absolument impossible.

57

Il fallut plusieurs heures à Elizabeth pour surmonter l'émotion que cette visite peu ordinaire lui avait causée. Lady Catherine avait fait le voyage depuis Rosings pour rompre les fiançailles qu'on supposait exister entre elle et Mr. Darcy. Mais d'où avait pu naître l'idée de ces fiançailles ? Elle ne parvenait pas à le deviner quand elle se dit que, sûrement, le voisinage, encouragé par l'annonce du mariage entre Bingley et Jane, avait considéré comme une chose décidée ce qu'elle-même regardait comme une lointaine possibilité.

Elle fut inquiète malgré tout car la résolution qu'avait manifestée Lady Catherine la porta à croire qu'elle s'adresserait à son neveu. Quelle impression causerait à ce dernier le détail des inconvénients qu'il y avait à l'épouser ? Elle n'arrivait pas à l'imaginer. Elle ignorait s'il se fiait beaucoup à sa tante mais il se pouvait, s'il était encore indécis sur la conduite à tenir, que les avis d'une proche parente le décident à préférer le bonheur que lui procurerait la vanité. Dans ce cas, il ne reviendrait plus. « Si dans quelques jours il s'excuse auprès de son ami de ne pas pouvoir venir le rejoindre, songea-t-elle, je comprendrai. Et j'abandonnerai tout espoir, et tout désir de le ramener à moi. »

Le lendemain matin, comme elle descendait au salon, elle tomba sur son père qui sortait de son bureau, une lettre à la main.

— Lizzy, lui dit-il, j'allais te chercher. Entre ici avec moi.

Elle le suivit, un peu inquiète à l'idée que la lettre pouvait émaner de Lady Catherine.

— J'ai eu ce matin la vive surprise d'apprendre que j'avais deux filles sur le point de se marier, commença-t-il.

Une vive rougeur trahit l'embarras d'Elizabeth.

— Tu rougis, je vois, mais je te mets au défi de deviner qui est le fiancé qu'on te prête... Cette lettre est de Mr. Collins.

— De Mr. Collins ! que peut-il avoir à nous dire ?

— Après m'avoir longuement présenté ses sincères félicitations sur l'heureux événement concernant ta sœur aînée, il ajoute : « *Permettez-moi de prévenir ma cousine Elizabeth des maux auxquels elle pourrait s'exposer en se rendant trop facilement aux vœux de son noble ami. Mon motif, pour vous donner cet avis est, que nous avons tout lieu de croire que sa tante, Lady Catherine de Bourgh, ne voit pas ce mariage, d'un œil favorable.* »

Mr. Bennet interrompit un instant sa lecture pour voir l'effet qu'elle produisait sur sa fille. Comme elle ne disait rien, il reprit.

— Tu devines à présent qui est cet illustre fiancé ?... Te voilà bien étonnée, j'espère ! Choisir Mr. Darcy, qui probablement ne t'a jamais regardée de sa vie, c'est tout à fait admirable !

Elizabeth s'efforça de sourire aux plaisanteries de son père.

— Cela ne te réjouit-il pas ?

— Oh si ! Continuez votre lecture, je vous en prie !

— « *Lui ayant hier au soir parlé de cette union comme d'une chose probable, elle m'a aussitôt assuré qu'elle ne pourra jamais donner son assentiment à une alliance qu'elle considère comme des plus déshonorantes pour son neveu. J'ai donc pensé qu'il était de mon devoir de vous en prévenir afin que ma cousine et son prétendant ne se hâtent pas de conclure un mariage qui n'a pas été sanctionné comme il convient.* » Mr. Collins ajoute encore : « *Je ne puis cacher la vive surprise que j'ai éprouvée en apprenant que vous aviez reçu les nouveaux époux dans votre maison. Vous deviez leur pardonner comme chrétien, mais ne jamais les recevoir.* » Voilà ses idées de la charité chrétienne ! Dans le reste de la lettre, il n'est question que de sa chère Charlotte et de ses espérances à ce sujet. Mais, Lizzy, cela ne semble pas t'amuser ? Tu ne vas pas faire la petite fille et te formaliser de ces balivernes ? Pourquoi vivons-nous sinon pour donner à rire à nos voisins et nous moquer d'eux à notre tour ?

— Cela m'amuse, bien sûr. En même temps, c'est si singulier !

— C'est pour ça que c'est tellement drôle ! S'ils avaient choisi n'importe qui d'autre… Mais l'extrême antipathie réciproque qu'il y a entre vous et Mr. Darcy rend la chose si absurde et si plaisante !

Jamais Elizabeth n'avait eu tant de peine à dissimuler ses sentiments : il lui fallait prendre un air amusé alors qu'elle aurait volontiers fondu en larmes. Ce que son père venait de dire sur l'indifférence de Darcy la peinait cruellement. Était-il aveugle ou se pouvait-il que, loin de mal voir, il ait dit, hélas ! la vérité ? Et qu'elle, alors, ait accordé trop de crédit à ses désirs ?

58

Mr. Bingley ne reçut pas une lettre de son ami. Au contraire, il l'amena avec lui à Longbourn peu après la visite de Lady Catherine. Les deux hommes arrivèrent de bonne heure et Bingley, qui désirait être seul avec Jane, proposa une promenade. Mrs. Bennet n'aimait pas marcher, Mary n'en avait pas le temps, si bien que les cinq autres partirent ensemble. Les fiancés, cependant, se laissèrent vite distancer. Devant, la conversation languit. Kitty était trop intimidée par Darcy pour parler, Elizabeth réfléchissait et lui en faisait autant.

Quand ils passèrent devant chez les Lucas, Kitty s'arrêta pour voir Maria. Elizabeth continua hardiment son chemin, seule avec Darcy. Au bout de quelques pas, elle dit avec vivacité :

— Mr. Darcy, je ne saurais me taire davantage. Il me faut vous remercier de votre bonté envers ma pauvre sœur. Depuis que j'ai connaissance de ce bienfait, je désire vous dire combien j'en suis reconnaissante. Et si le reste de ma famille savait, ma gratitude ne serait pas la seule que j'aurais à exprimer.

— Je suis désolé, répondit Darcy d'un ton qui marquait la surprise et l'émotion, que vous ayez appris une chose, qui, mal interprétée, pouvait vous gêner. Je pensais qu'on pouvait se fier à Mrs. Gardiner.

— Ne blâmez pas ma tante ! Lydia m'a appris que vous aviez participé à cette affaire et, bien sûr, je n'ai pu avoir de repos avant de tout savoir. Laissez-moi au moins vous remercier une fois, au nom de toute ma famille.

— Si vous voulez remercier, répondit-il, que ce soit pour vous seule. Le désir de vous rendre heureuse s'est ajouté, je l'admets, aux autres raisons que j'avais d'agir. Je n'ai jamais songé qu'à vous.

Elizabeth était trop embarrassée pour dire un mot. Après une courte pause, Darcy continua :

— Vous êtes trop généreuse pour jouer avec moi. Si vos sentiments sont ce qu'ils étaient au mois d'avril dernier, dites-le-moi franchement. Mon affection et mes souhaits n'ont pas changé, mais un mot de vous les réduira définitivement au silence.

Sentant que la situation de Darcy devait être pénible, Elizabeth parvint à vaincre son émotion, et aussitôt, quoique malaisément, elle lui donna à entendre que, depuis cette époque-là, ses sentiments avaient éprouvé un changement suffisant pour lui faire recevoir l'aveu des siens avec plaisir et reconnaissance.

Le bonheur que cette réponse causa à Darcy surpassa tous ce qu'il avait pu éprouver jusqu'alors. Il le dit avec toute la chaleur et la sensibilité qu'on attend d'un homme profondément amoureux. Si Elizabeth avait pu lever les yeux, elle aurait vu combien la douce expression d'extase qui s'était répandue sur son visage lui allait bien. Faute de pouvoir le regarder, du moins elle écouta, et il lui parla de sentiments qui, en prouvant combien elle lui était chère, rendirent son amour pour elle plus précieux à chaque instant.

Ils marchèrent longtemps sans savoir où ils allaient. Parler de leur bonheur était tout ce qui les occupait. Elle apprit bientôt que sa déclaration était due en partie à Lady Catherine. Elle était passée chez lui et avait raconté sa conversation avec Elizabeth. Elle avait beaucoup insisté sur la promesse qu'elle avait exigée d'elle en vain, et sa démarche avait produit un effet contraire à celui attendu.

— Cela a fait renaître mes espérances, dit Darcy, car je vous connais assez pour savoir que si vous aviez été décidée à me repousser définitivement, vous l'auriez dit à ma tante.

Elizabeth rougit, et répondit en souriant :

— Oh ! oui, vous connaissez assez ma franchise pour m'en croire capable, après toutes les injures que je vous ai dites en face.

— Ma conduite envers vous méritait les plus sévères reproches.

— Il ne serait pas facile de dire lequel de nous a eu le plus de torts ce jour-là, dit-elle. Depuis lors nous sommes devenus plus polis.

Darcy parla de sa lettre :

— J'espère au moins que vous l'avez brûlée. Je me croyais parfaitement calme en l'écrivant mais, depuis, j'ai senti que je l'avais écrite avec aigreur et colère.

— Le début est sévère mais pas la fin. L'adieu même n'est pas sans douceur. Mais ne pensons plus à la lettre ! Les sentiments de celui qui l'a écrite et de celle qui l'a reçue sont désormais si différents ! Du passé, je ne conserve que les souvenirs agréables.

— Il est pourtant des souvenirs pénibles qui viennent m'importuner : j'ai été toute ma vie un égoïste, non de cœur, mais par système. Dans mon enfance on m'a appris à connaître la vertu, mais non à la pratiquer ; j'ai reçu de bons principes, mais jamais on ne m'a appris à vaincre mon humeur. Étant fils unique, j'ai été gâté par mes parents qui m'ont encouragé à être égoïste et suffisant, à estimer qui était de notre famille et à mépriser le reste des hommes, ou du moins à les juger inférieurs à moi. Tel j'ai été jusqu'à l'âge de trente ans et tel je serais sans doute encore sans vous, Elizabeth ! Vous m'avez donné une leçon pénible, il est vrai, mais des plus bénéfiques : par vous j'ai été justement humilié ; et vous m'avez montré que mes prétentions étaient insuffisantes pour plaire à une femme qui méritait réellement qu'on l'aime.

— Comme vous avez dû me détester après mon refus !

— Vous détester ? J'étais fâché mais ma colère a bientôt commencé à prendre une juste direction.

— J'ose à peine vous demander ce que vous avez pensé de moi quand nous nous sommes rencontrés à Pemberley. Vous m'avez blâmée d'y être venue ?

— Non, j'ai seulement été vivement surpris.

— Pas plus que moi ! Je l'ai été doublement, de vous trouver chez vous et d'être si bien accueillie.

— Ma civilité et mes soins visaient à vous prouver que je n'avais conservé aucune rancune. J'espérais aussi obtenir mon pardon, en vous montrant que vos reproches avaient fait effet sur moi.

Il lui parla ensuite du plaisir que Georgiana avait eu à la voir et de son chagrin à cause de leur départ. Elizabeth apprit alors qu'il avait décidé de partir pour Londres avant même de la quitter et que l'effort qu'il faisait sur lui-même pour se résoudre à rencontrer

Wickham avait été la seule cause de cet air soucieux et chagrin qu'elle avait mal interprété. Elle redit sa reconnaissance, mais ce sujet était trop pénible pour qu'ils en parlent plus longtemps.

Après avoir fait plusieurs miles, sans même s'en rendre compte, ils s'aperçurent enfin qu'il était l'heure de rentrer.

— Où sont donc Bingley et Jane, dit-il, ne nous suivaient-ils pas ?

Sa question amena la conversation sur leur compte. Darcy se déclara enchanté de leurs fiançailles.

— Vous y aviez donné votre accord, je m'en suis doutée.

— La veille de mon départ pour Londres, je lui ai avoué mon intervention aussi absurde qu'inconvenante dans ses affaires. J'ai ajouté que je m'étais trompé en supposant votre sœur indifférente. Bingley est d'une modestie sans égale : il n'avait jamais osé se fier à son propre jugement. J'ai été obligé de lui avouer que Jane avait passé trois mois à Londres, que je l'avais vue, et que je le lui avais caché. Il s'est fâché mais maintenant il m'a sincèrement pardonné.

Elizabeth eut envie de faire remarquer que sa facilité à se laisser guider faisait de lui un ami inestimable. Elle y résista en songeant que Darcy devait encore apprendre à supporter qu'on se moque de lui et qu'il était un peu tôt pour commencer. Anticipant le bonheur de Bingley, qui ne pourrait être inférieur qu'au sien propre, Darcy alimenta la conversation jusqu'à ce qu'ils regagnent Longbourn. Ils se séparèrent dans le vestibule.

59

« Lizzy chérie, où êtes-vous donc allés ? » fut la question qu'Elizabeth reçut de Jane quand elle entra dans sa chambre et que toute sa famille répéta lorsqu'on passa à table. Pour toute réponse, elle dit qu'elle s'était trompée de chemin. Elle rougit en donnant cette explication mais son trouble ne fit pas soupçonner la vérité.

La soirée se passa tranquillement sans aucun événement remarquable. Les amoureux reconnus parlaient et riaient, ceux dont la passion était ignorée gardaient le silence. Darcy n'était pas d'une nature que le bonheur puisse rendre jovial et Elizabeth savait qu'elle était heureuse bien plus qu'elle ne le sentait réellement.

Le soir, quand elle se trouva seule avec son aînée, elle lui ouvrit son cœur. Jane en demeura incrédule.

— Lizzy, tu plaisantes ! Mr. Darcy ! Je sais que c'est impossible !

— Voici qui commence mal ! Qui me croira si tu ne me crois pas ? Je parle sérieusement, il m'aime et nous sommes fiancés.

Jane la regarda d'un air dubitatif.

— Oh Lizzy ! dit-elle, je sais à quel point il te déplaît !

— Tu n'en sais rien ! Peut-être ne l'ai-je pas toujours aimé aussi bien que maintenant mais cela, je veux l'oublier.

— Chère Lizzy ! N'est-ce pas un rêve ? s'écria Jane. Je voudrais... Je dois te féliciter, mais es-tu certaine... pardonne ma question, es-tu certaine de pouvoir trouver le bonheur avec lui ?

— Nous avons déjà décidé d'être les époux les plus heureux de l'univers. Mais, au moins, toi, es-tu contente ?

— Oh oui, ma chère ! Avec Bingley, nous y avons souvent pensé mais nous en parlions comme d'une chose impossible. L'aimes-tu vraiment assez pour l'épouser ? Surtout ne te marie pas sans inclination ! Dis-moi tout, je t'en prie. Depuis quand l'aimes-tu ?

— Mon attachement pour lui est venu si graduellement que je sais mal quand il a commencé. Peut-être a-t-il pris naissance quand j'ai vu son magnifique parc de Pemberley.

— Voyons, Lizzy, parle sérieusement !

Elizabeth eut tôt fait de la convaincre de son amour pour Darcy.

— Maintenant, dit Jane, mon bonheur est parfait car tu vas être aussi heureuse que moi. J'ai toujours eu une haute opinion de lui, et comme il est non seulement l'ami intime de Bingley mais aussi ton amoureux, il viendra désormais en troisième dans mon affection.

— Bonté divine ! s'écria Mrs. Bennet en regardant par la fenêtre le lendemain matin, voilà-t-il pas encore ce détestable Mr. Darcy avec notre cher Bingley ? Qu'est-ce qui peut le pousser à venir nous importuner si souvent ? Que faire de lui ? Lizzy, il faut que tu ailles te promener avec lui afin qu'il ne soit pas dans les pieds de Bingley.

Bien qu'elle fût contrariée d'entendre sa mère donner à Darcy une si fâcheuse épithète, Elizabeth sourit à cette proposition.

Dès que ces messieurs entrèrent, Mrs. Bennet conseilla à Mr. Darcy, Elizabeth et Kitty, d'aller jusqu'à Oakham :

— Depuis la montagne, dit-elle, la vue est superbe.

— Je suis sûr que cette promenade est trop longue pour Kitty ! répondit Bingley. N'est-il pas vrai, Kitty ?

Catherine avoua qu'elle préférait rester à la maison. Darcy se dit curieux d'admirer la vue et Elizabeth consentit à le suivre. Comme elle montait dans sa chambre s'habiller, sa mère la suivit.

— Je suis fâchée, Lizzy, lui dit-elle, que tu doives encore tenir compagnie à ce fâcheux personnage. J'espère que ça ne te contrarie pas trop… Tu le fais pour Jane, sais-tu ? D'ailleurs, il ne sera pas nécessaire de lui parler beaucoup, un mot de temps à autre suffira.

Pendant la promenade, ils décidèrent de demander son consentement à Mr. Bennet dans la soirée. Elizabeth se réserva de communiquer la nouvelle à sa mère afin d'éviter que Mr. Darcy n'entende sa réaction. Elle ne savait trop comment sa mère prendrait la chose mais une chose était certaine : sa réaction ne ferait pas honneur à son bon sens.

Le soir, quand Mr. Bennet se retira dans son bureau, Elizabeth vit Mr. Darcy se lever et le suivre. Cette vue lui causa une vive émotion et, jusqu'au moment où le jeune homme revint, son agitation fut extrême. Quand elle vit son sourire, elle fut un peu soulagée. Un petit moment après, elle se rendit à son tour dans le bureau.

Son père y faisait les cent pas, l'air grave et soucieux :

— Lizzy, dit-il, que fais-tu ? Accepter d'épouser cet homme ! Ne l'as-tu pas toujours détesté ? Il est riche sans doute, et tu auras des parures plus brillantes et de plus beaux équipages que Jane mais cela fera-t-il ton bonheur ?

Combien elle regretta alors que, par le passé, l'expression de ses opinions n'ait pas été plus modérée.

— Avez-vous d'autres objections que la crainte que je n'éprouve aucune affection pour lui ? demanda-t-elle.

— Non. Nous le connaissons tous comme un homme orgueilleux et désagréable mais cela ne serait rien si vous l'aimiez réellement !

— Mais je l'aime, répondit-elle les yeux remplis de larmes. Je l'aime, et bien sincèrement !

— Je lui ai donné mon consentement. Il est un de ces hommes auxquels il est difficile de refuser ce qu'ils demandent. Je te le donnerai à toi aussi, si vraiment tu es décidée à l'épouser. Mais réfléchis encore. Je connais ton caractère, ma Lizzy, je sais que tu ne seras pas heureuse si tu n'as pas une réelle estime pour ton mari. Mon enfant, épargne-moi le chagrin de te voir incapable de respecter celui avec lequel tu devras passer toute ta vie. Tu n'imagines pas ce que c'est !

Elizabeth lui expliqua alors comment, peu à peu, ses préventions contre Mr. Darcy avaient fait place à une estime sincère. Elle ajouta qu'elle était certaine de son attachement pour elle, qui avait résisté à plusieurs mois d'incertitude et d'épreuves. Ainsi parvint-elle à le réconcilier avec ce mariage.

— Eh bien ! ma fille, lui dit-il, s'il est tel que tu le décris, il mérite ton affection. Je ne me serais pas séparé de toi pour quelqu'un qui vaille moins que lui.

Voulant ajouter à la bonne impression qu'avait son père, elle lui raconta alors tout ce que Mr. Darcy avait fait pour Lydia.

— Voici vraiment une soirée prodigieuse ! Ainsi Darcy a arrangé toute cette affaire ? Le mariage, les dettes de Wickham, la dot de Lydia, l'achat du brevet, il a tout fait, seul ? Tant mieux ! Cela m'épargnera du souci et de l'argent : si cet arrangement avait été l'œuvre de ton oncle, j'aurais dû lui rembourser ses dépenses... Mais les jeunes amoureux n'en font qu'à leur guise. Demain je lui proposerai de payer. Pour toute réponse, il me fera une déclaration tempétueuse de son amour pour toi, et mon affaire sera terminée.

Sur quoi il lui permit de se retirer, en disant, comme elle sortait :

— Si des jeunes gens se présentent pour Mary et Kitty, envoie-les-moi ! Je suis tout disposé à les écouter.

Délivrée, désormais, d'une vive inquiétude, Elizabeth put revenir au salon avec l'esprit assez calme. Elle fut moins silencieuse que la veille, et la soirée se passa fort agréablement.

Lorsque sa mère se retira dans sa chambre, elle la suivit, et lui fit l'importante révélation. Son effet sur Mrs. Bennet fut des plus extraordinaires car, d'abord, elle demeura immobile sans pouvoir prononcer une syllabe. Il lui fallut plusieurs longues minutes pour commencer à comprendre ce qu'elle avait entendu alors que, d'habitude, elle saisissait aisément ce qui était à l'avantage de sa famille ou avait la forme d'un fiancé pour ses filles. Enfin, elle commença à se remettre, se leva, se rassit, et finalement s'écria :

— Dieu me bénisse ! Est-ce bien vrai ? Mr. Darcy ! Qui aurait pu l'espérer ? Oh, ma chérie, quelle grande dame riche tu vas être ! Que de toilettes, de bijoux, d'équipages tu vas avoir ! Oh ! je suis si contente ! Un homme si aimable, si grand, si beau ! Oh, ma chérie, présente-lui mes excuses de l'avoir si longtemps détesté, j'espère que tu le lui feras oublier ! Lizzy ! Une maison à Londres ! Trois filles mariées ! Dix mille livres de rente ! Mon Dieu ! ma joie est trop grande, j'en deviendrai folle !

Bien contente d'être seule à entendre de semblables effusions, Elizabeth se retira bientôt. Mais à peine était-elle revenue dans sa chambre, que sa mère vint l'y retrouver.

— Ma chère enfant, dit-elle, je ne peux pas penser à autre chose. Dix mille livres sterling de rente ! Cela vaut largement un titre de noblesse ! Mais, ma belle, dis-moi quel est le plat favori de Mr. Darcy, afin que je puisse en servir demain.

Voilà qui augurait mal de la conduite de sa mère envers lui. Le lendemain, cependant, tout se passa mieux qu'Elizabeth l'avait craint car Mrs. Bennet était tellement impressionnée par son futur gendre qu'elle n'osa presque pas lui parler, sauf pour approuver tout ce qu'il put dire.

60

Retrouvant peu à peu son état habituel, Elizabeth voulut apprendre de Darcy comment il avait pu devenir amoureux d'elle.

— Je comprends que tout soit allé de soi une fois le premier pas fait. Mais, qu'est-ce qui vous a amené à le faire ?

— Je ne saurais dire le moment, le lieu, les mots, les regards qui ont posé les fondations de mon sentiment. C'est trop loin. Il était déjà puissant en moi que je l'ignorais encore.

— Vous n'aviez pas fait cas de mes charmes, et mes manières, comment les admirer ? Ma conduite envers vous était presque incivile : je vous parlais plus pour vous offenser que vous plaire. Soyez sincère, est-ce mon impertinence qui vous a plu ?

— J'ai aimé votre vivacité d'esprit, je l'avoue.

— Vous pouvez aussi bien l'appeler de l'impertinence. En fait, vous étiez écœuré de civilités, d'attentions, de soins empressés. Ces femmes qui pensaient, agissaient, parlaient seulement pour quêter votre approbation vous dégoûtaient. Je vous ai intéressé parce que je leur ressemblais si peu ! Vous méprisiez les personnes qui vous courtisaient servilement. Voilà, je vous ai épargné la peine d'une explication et, vraiment, la mienne me paraît raisonnable. Vous ne me connaissiez aucune qualité, il est vrai, mais nul ne songe à ça lorsqu'il tombe amoureux.

— Votre conduite envers Jane lorsqu'elle a été malade ne prouvait-elle pas la bonté de votre cœur ?

— Chère Jane ! Qui aurait fait moins pour elle ? Mais, dites-moi, quel dessein vous a ramené à Netherfield ? Était-ce uniquement pour venir à Longbourn et paraître embarrassé ou aviez-vous formé un projet plus sérieux ?

— Vous voir. Savoir si je pouvais espérer me faire aimer de vous, tel était mon vrai motif. Observer votre sœur et juger si elle était encore attachée à Bingley, voilà celui que je m'avouais.

— Aurez-vous jamais le courage d'annoncer à Lady Catherine ce qui doit vous arriver ?

— Cela doit être fait, et si vous voulez me donner une feuille de papier, je m'acquitterai de ce devoir sur-le-champ.

— Pendant que vous écrirez, je vous imiterai. J'ai aussi une tante que je ne peux pas négliger plus longtemps.

Elle écrivit ce qui suit à Mrs. Gardiner.

Je vous aurais remerciée plus tôt pour votre explication mais j'étais trop contrariée pour écrire. Vos suppositions allaient trop loin dans votre lettre mais, à présent, vous pouvez supposer tout ce que vous voulez : à moins que vous ne me croyiez déjà mariée, vous ne vous tromperez pas beaucoup. Je vous remercie mille fois de ne pas m'avoir emmenée jusqu'aux Lacs car je suis la plus heureuse des femmes. Bien d'autres l'ont dit avant moi mais aucune à aussi juste titre. Je suis même plus heureuse que Jane : elle sourit seulement, et moi je ris !

Vous devez tous venir à Pemberley à Noël.

Votre,

ELIZABETH.

La lettre de Mr. Darcy à Lady Catherine fut d'un style différent, et bien différente encore celle que Mr. Bennet adressa à son cousin.

Monsieur et ami,

Il me faut encore une fois vous déranger pour réclamer des félicitations : Elizabeth sera bientôt la femme de Mr. Darcy. Consolez Lady Catherine de votre mieux, mais si j'étais vous, je soutiendrais le neveu, il a bien plus à donner…

Je suis, etc.

Les félicitations de Miss Bingley à son frère furent des plus affectueuses et des moins sincères. Elle écrivit même à Jane pour lui dire sa très vive satisfaction et répéter ses assurances d'amitié. Jane ne s'y laissa pas prendre de nouveau mais elle ne parvint pas à s'empêcher de lui répondre plus gentiment qu'elle le méritait.

La joie de Miss Darcy fut aussi sincère que celle qu'éprouva son frère à lui annoncer la nouvelle. Quatre pages suffirent à peine pour exprimer son bonheur et son désir d'être aimée par sa belle-sœur.

Avant qu'on reçoive une réponse des Collins, on apprit leur arrivée chez les Lucas. La cause de ce voyage inattendu fut bientôt évidente. Lady Catherine avait été rendue tellement furieuse par la lettre de son neveu que Charlotte avait préféré s'éloigner le temps que l'orage soit passé.

La présence de son amie fut un vrai plaisir pour Elizabeth même si, parfois, elle le jugea chèrement payé, lorsqu'elle voyait Darcy exposé à la politesse servile et prétentieuse de Mr. Collins. Il la supporta toutefois avec une sérénité admirable. Il parvint même, sans pouffer de rire, à écouter Sir William le féliciter d'avoir ravi la perle du pays et exprimer son espoir qu'ils se verraient tous à la cour.

La vulgarité de Mrs. Philips éprouva sa patience peut-être davantage. À l'exemple de sa belle-sœur, elle le considérait avec trop de respect pour s'adresser à lui avec cette familiarité que la bonhomie de Bingley autorisait, cependant, lorsqu'elle parlait, comment l'aurait-elle fait sans trivialité ? Et le respect qu'elle lui vouait, même s'il l'empêchait de s'agiter autant, pouvait-il la rendre élégante ?

Elizabeth chercha, autant que possible, à éviter toutes ces compagnies à Darcy. Cette préoccupation qui la renvoyait à des souvenirs bien amers vint mêler quelques épines à la douceur de leur amour mais il ajouta à ses espérances. Elle pensait, en effet, avec délice au moment où, quittant une compagnie si peu agréable, ils jouiraient du confort et de l'élégance qu'offrirait la vie de famille à Pemberley.

61

Heureux pour ses sentiments maternels fut le jour où Mrs. Bennet se trouva séparée de ses deux filles les plus méritantes. Avec quelles délices, par la suite, elle visita Mrs. Bingley et parla de Mrs. Darcy, on le devine. J'aimerais pouvoir affirmer, pour sa famille, que l'accomplissement de ses souhaits, quand elle vit mariés ses enfants en aussi grand nombre, produisit des effets assez heureux pour faire d'elle une femme sensible, aimable et cultivée tout le reste de sa vie. Mais peut-être valut-il mieux pour son mari, qui aurait pu ne pas apprécier ce genre inhabituel de félicité domestique, qu'elle souffre des nerfs à l'occasion et demeure invariablement stupide.

Sa deuxième fille manqua excessivement à Mr. Bennet. Son affection pour elle l'attira hors de chez lui plus souvent qu'aucun autre motif l'aurait pu. Il se fit un plaisir d'aller à Pemberley, tout spécialement quand on l'y attendait le moins.

Mr. Bingley et Jane ne restèrent qu'un an à Netherfield. La proximité de Mrs. Bennet et des parents de Meryton n'était pas supportable, pas même par un jeune homme aussi bienveillant que lui ou une jeune fille aussi affectueuse qu'elle. Le souhait que Miss Bingley avait émis jadis fut alors exaucé : il acheta une propriété voisine du Derbyshire et, en plus de tous leurs autres bonheurs, Jane et Elizabeth eurent celui de vivre à trente miles de distance.

Pour son plus grand bien, Kitty passa l'essentiel de son temps avec ses aînées. Dans une compagnie plus choisie que celle qu'elle avait toujours connue, elle s'améliora beaucoup. Elle n'avait pas le caractère rebelle de Lydia. Une fois détachée de l'influence de cette dernière, elle devint, à force de soins et d'attention, moins irritable, moins ignorante et moins insipide. Bien sûr, elle fut soigneusement tenue à l'écart de Mrs. Wickham, et celle-ci eut beau l'inviter avec insistance en lui promettant bals et jeunes hommes, son père ne consentit jamais à la laisser aller.

Mary fut la seule fille à demeurer à la maison. Elle fut forcément arrachée à ses études par l'incapacité de Mrs. Bennet à rester seule avec elle-même. Elle fut contrainte de se mêler plus au monde mais put continuer à tirer la morale des visites du voisinage qu'elles recevaient chaque matin. Comme, en plus, elle n'était plus mortifiée par les comparaisons entre la beauté de ses sœurs et la sienne, son père soupçonna qu'elle acceptait ce changement sans trop de regret.

Quant à Wickham et Lizzy, le mariage des deux sœurs ne bouleversa pas leur façon d'être. Il supporta avec philosophie la certitude que, désormais, Elizabeth savait tout ce qu'elle avait ignoré jusqu'alors de son ingratitude et de sa fausseté. En dépit de tout, il n'abandonna pas totalement l'espoir que Darcy l'aiderait à faire fortune. La lettre de félicitations qu'Elizabeth reçut de Lydia laissait entendre que son épouse au moins, sinon lui-même, caressait encore cet espoir. Voici ce qu'elle disait :

Ma chère Lizzy
Je te souhaite beaucoup de joie. Si tu aimes Mr. Darcy autant que moi mon cher Wickham, alors tu dois être très heureuse. C'est un grand réconfort de te savoir aussi riche désormais, et quand tu n'auras rien d'autre à faire, j'espère que tu penseras à nous. Je suis sûre que Wickham aimerait beaucoup un poste à la cour et je ne pense pas que nous aurons assez d'argent pour vivre si on ne nous aide pas un peu. N'importe quel poste rapportant trois ou quatre cents livres par an ferait l'affaire. Toutefois n'en parle pas à Mr. Darcy si tu préfères ne pas le faire.
Ta sœur, etc.

Comme il se trouva qu'Elizabeth préférait de loin ne pas le faire, elle prit soin, dans sa réponse, de couper court définitivement à toute demande et tout espoir de ce genre. Toutefois, elle lui envoya souvent ce qu'elle pouvait économiser sur ses dépenses personnelles. Il lui avait toujours paru clair que leur revenu, géré par deux personnes aussi prodigues et aussi peu soucieuses de l'avenir ne suffirait pas. Et de fait, chaque fois qu'ils changeaient de garnison, Jane ou elle était sûre qu'ils leur demanderaient de prendre en charge les factures impayées. Même quand le retour de la paix leur donna la possibilité d'avoir un logement fixe, leur mode de vie demeura extrêmement instable. Ils allaient sans cesse d'un endroit à l'autre, en quête d'un logement moins coûteux et en dépensant toujours plus qu'ils l'auraient dû. L'affection de Wickham pour elle tourna bientôt à l'indifférence. Celle de Lydia dura un peu plus. Et en dépit de sa jeunesse et de ses manières, elle conserva la respectabilité que son mariage lui avait rendue.

Même s'il ne voulut jamais le recevoir à Pemberley, Darcy, par égard pour Elizabeth, continua de l'aider dans sa carrière. Lydia leur rendit visite à l'occasion, quand son mari allait se divertir à Londres ou à Bath mais chez les Bingley ils demeurèrent tous deux si longuement que même les heureuses dispositions de Bingley furent excédées. Il alla jusqu'à envisager la possibilité de les laisser deviner qu'il souhaitait qu'ils s'en aillent.

Miss Bingley fut terriblement affligée du mariage de Mr. Darcy mais elle jugea raisonnable de conserver la possibilité d'être invitée à Pemberley et renonça donc à tout ressentiment. Elle éprouva plus d'amitié que jamais pour Georgiana, resta aussi attentionnée auprès de Darcy que par le passé et paya tous ses arriérés de politesse à Elizabeth.

Pemberley devint la résidence de Georgiana. L'attachement mutuel des deux belles-sœurs fut exactement ce que Darcy avait espéré. Elles s'aimèrent autant qu'il l'avait souhaité. Georgiana avait la meilleure opinion d'Elizabeth même si, au début, la façon vive et allègre qu'avait celle-ci de s'adresser à son frère lui causa un étonnement voisin de l'inquiétude. Elle, qui lui avait toujours voué un respect propre à presque étouffer son affection, le vit devenir ouvertement l'objet de plaisanteries. Ce fut pour elle l'occasion d'apprendre quelque chose qu'elle n'avait jamais soupçonné. À l'exemple d'Elizabeth, elle comprit qu'une femme peut prendre avec son mari des libertés qu'un frère n'autorisera pas à sa sœur plus jeune de dix ans.

Lady Catherine s'indigna terriblement du mariage de son neveu. Comme elle donna libre cours à sa franchise naturelle dans la réponse qu'elle fit à la lettre lui annonçant les noces, elle employa des termes très blessants, en particulier à l'égard d'Elizabeth. Ainsi toutes relations furent-elles suspendues pendant un certain temps. À la fin, toutefois, sur le conseil d'Elizabeth, il décida d'oublier l'offense et chercha une réconciliation. Après encore une légère résistance de la tante, la rancune céda, soit par affection pour lui, soit à cause de sa curiosité de voir comment son épouse s'en tirait. Elle condescendit à leur rendre visite à Pemberley en dépit de la profanation que lui avaient fait subir non seulement une maîtresse pareille mais aussi les visites de ses oncle et tante de la City.

Avec les Gardiner, ils demeurèrent intimes. Darcy, aussi bien qu'Elizabeth, les aimait réellement. Et ils éprouvaient tous deux la plus profonde gratitude envers les personnes qui, en l'emmenant dans le Derbyshire, avaient été le trait qui les avait unis.

« Pour l'éditeur, le principe est d'utiliser des papiers composés de fibres naturelles, renouvelables, recyclables et fabriquées à partir de bois issus de forêts qui adoptent un système d'aménagement durable. En outre, l'éditeur attend de ses fournisseurs de papier qu'ils s'inscrivent dans une démarche de certification environnementale reconnue. »

Composition réalisée par Datagrafix, Inc.

Imprimé en Espagne par BLACK PRINT CPI IBERICA S.L.
32.05.2955.6/01 – ISBN : 978-2-01-322955-5
Loi n° 49-956 du 16 juillet 1949 sur les publications destinées à la jeunesse
Dépôt légal : novembre 2011